夏目影二郎始末旅

金のためでもなく、
名誉のためでもなく
ただ、愛する者を守るため
ただ、自ら信ずる正義を貫くため
影二郎は、今日も旅を続ける。

※イラストはイメージです。 画：渡邉文也

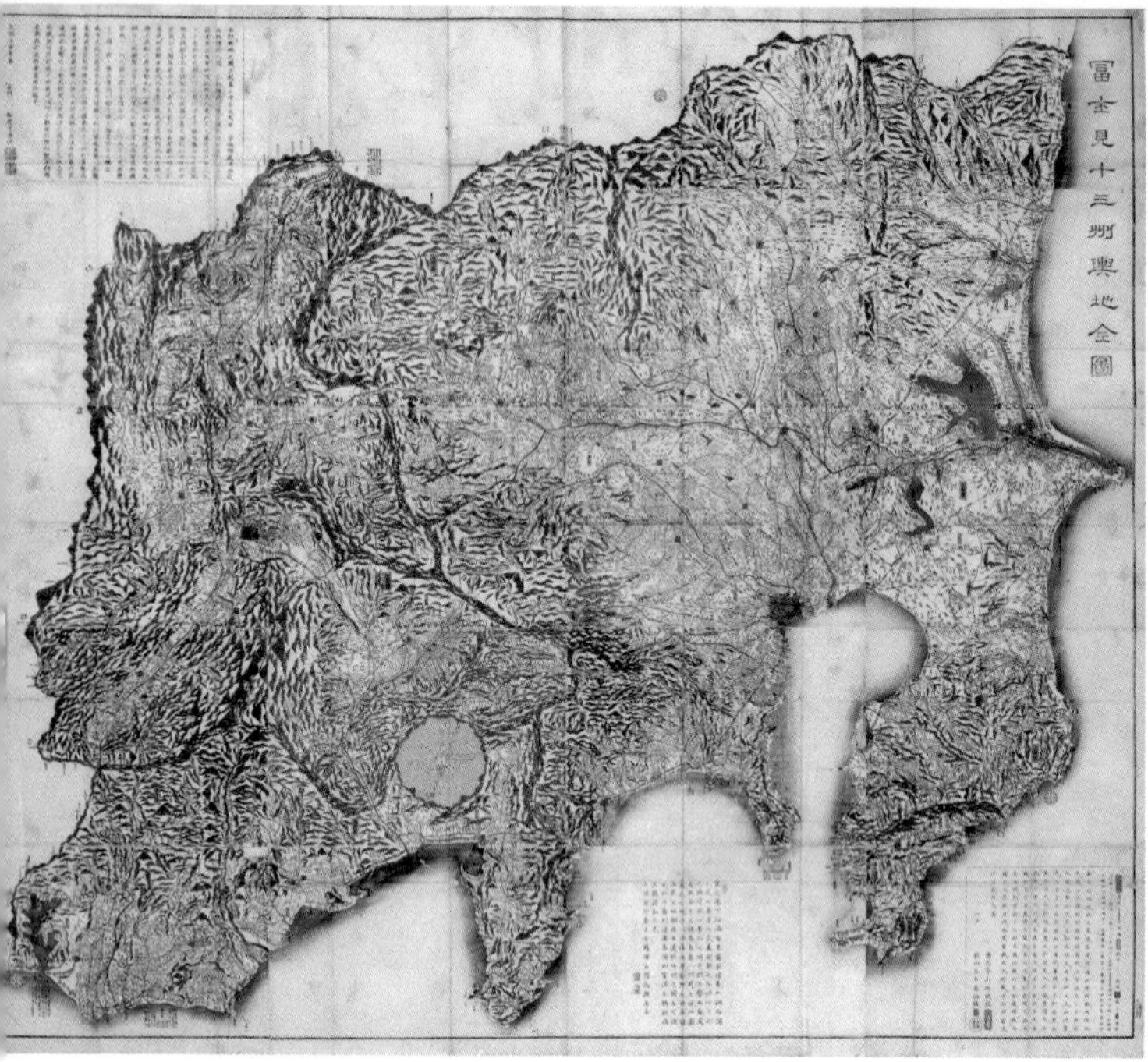

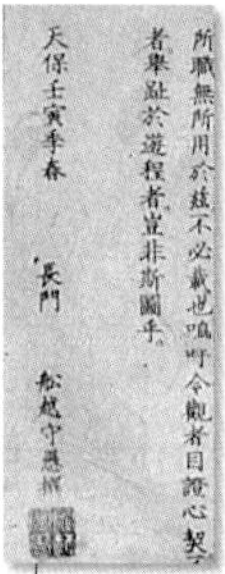

左上角拡大

「富《ふ》士《じ》見《み》十三《じゅうさん》州《しゅう》輿《よ》地《ち》全《ぜん》圖《ず》」

彩色・天保13年(1842)春・作：秋山永年墨仙誌・版元：衆星堂
横浜市歴史博物館蔵

「天保壬寅季春」が記された(壬寅の年は13年)富士が見える13ヵ国の地図。関八州(相模・武蔵・安房・上総・下総・常陸・上野・下野)と、その西側の信濃・甲斐・伊豆・駿河・遠江5国が描かれている。地図の下部中央やや左、円状黄色で示されたところが富士山。影二郎のおもな活躍の舞台、江戸・関八州・伊豆が実感できる。この地図の制作時期はちょうど『役者狩り』のころだ(次ページは、この地図と対照できる関八州、幕府直轄領〈天領〉早わかり地図〈江戸時代後期〉)。

関八州、幕府直轄領（天領）早わかり地図

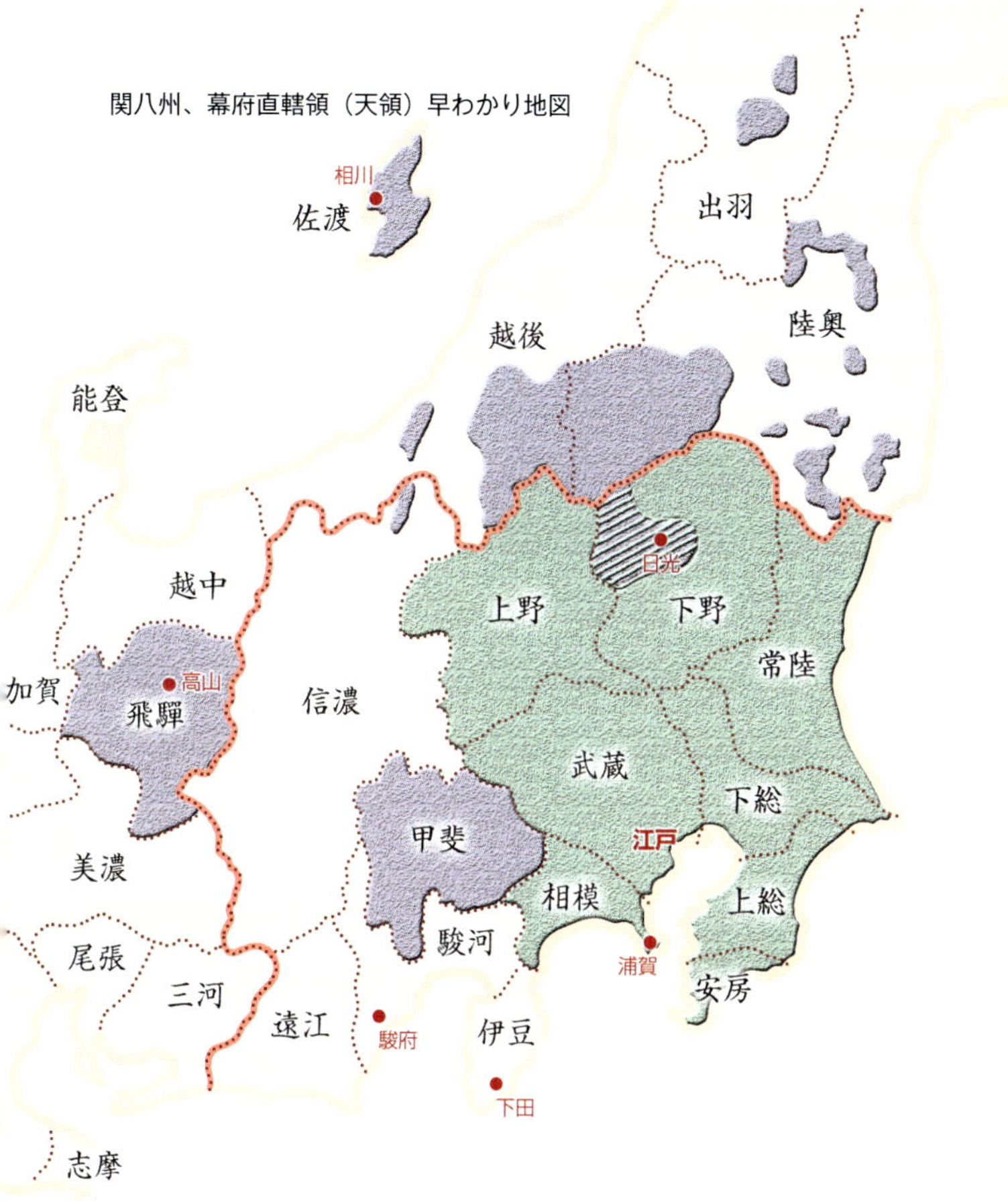

＝関八州　　＝旧国境
＝幕府直轄領（天領）　　＝幕府直轄地（奉行所・代官所設置）
＝前ページ「冨士見十三州輿地全圖」範囲

＊江戸時代後期の地図。関八州の大部分は、細かく分かれた幕府直轄領（天領）、親藩・譜代大名領や旗本領。これに寺社領をはじめとする諸小領が混在していた。

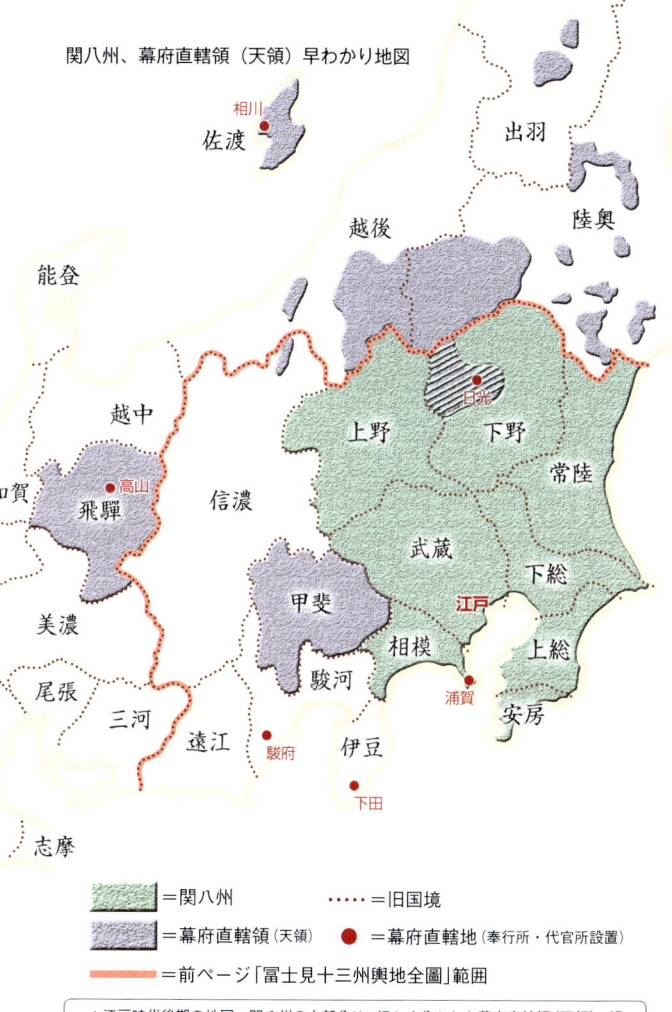

影二郎の始末旅を支える「いわくつき」の武器

影二郎の始末旅にはさまざまな強敵と出くわす場面があり、その戦いの場面の迫力もこのシリーズの大きな魅力となっている。ここでは、影二郎の戦いになくてはならない武器を図解。

一文字笠《いちもんじがさ》

渋《しぶ》を塗り重ねた笠。この笠の内側には、「江戸鳥越住人之許(えどとりごえのじゅうにんこれをゆるす)」という意味の梵字が隠し文字で入っている。これは長吏《ちょうり》、座頭《ざとう》、猿楽《さるがく》、陰陽師《おんみょうじ》など二十九職を束ねる浅草弾左衛門《あさくさだんざえもん》から譲られたもの。「鳥越のお頭」と呼ばれる弾左衛門が、全国各地の町のはずれの河原などにある流《く》れ宿を使えるようにした“手形”のような効力を発揮する。

※イラストはあくまでイメージです。実際の設定では笠の内側に梵字が隠し文字で書かれていることになっています。

唐《から》かんざし

珊瑚玉《さんごだま》のついたかんざし。通常、一文字笠の内側に隠して挿《さ》しており、必要な時に飛び道具として使う。細い両刃がついており、笠の縁《ふち》に挿して、これを相手の目や手などに向かって投げて倒す。これは、吉原の遊女で影二郎と夫婦《めおと》の契りを交わしていた萌がわが身を守る道具として髪に挿していたもの。いわば形見《かたみ》である。

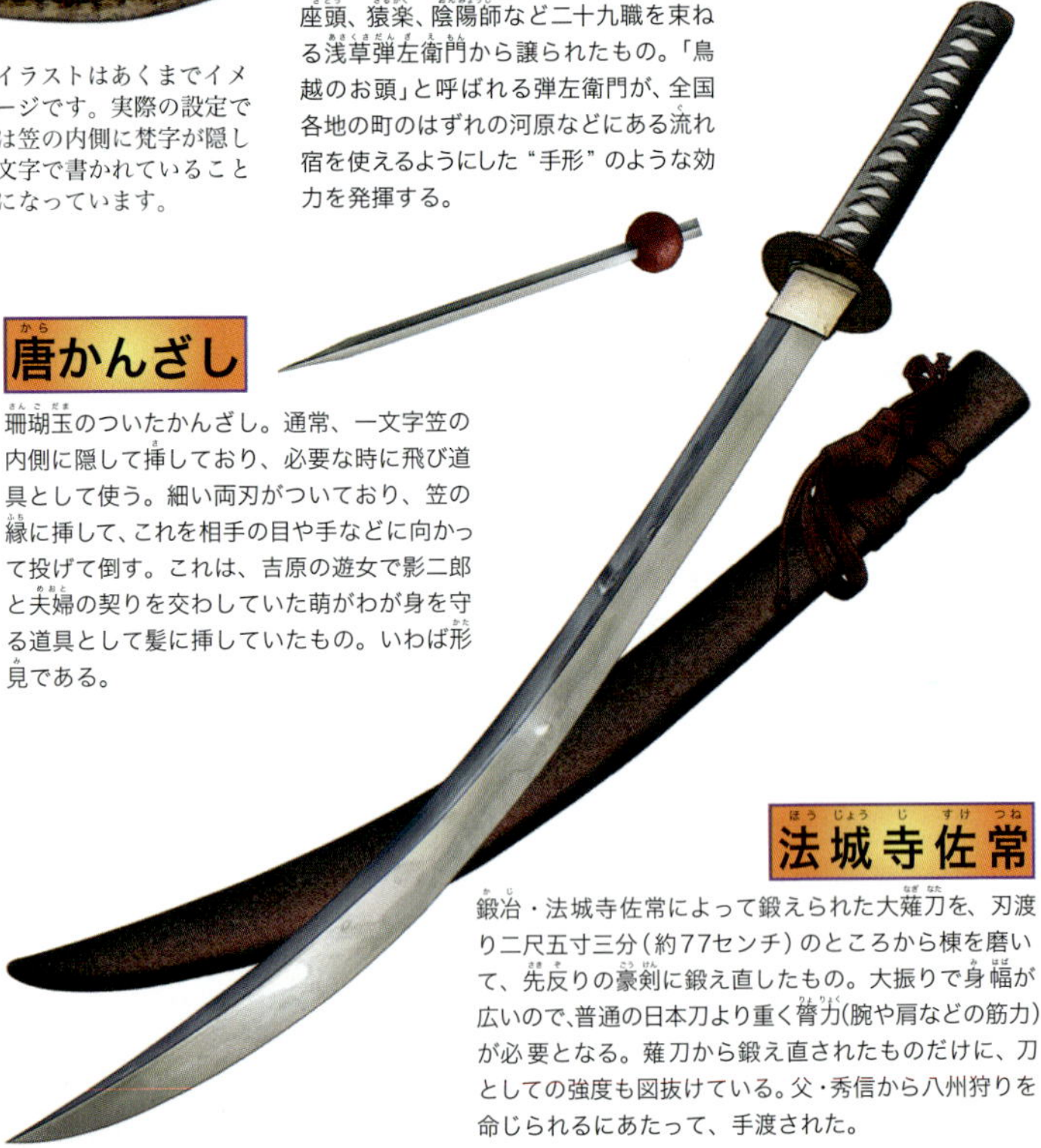

法城寺佐常《ほうじょうじすけつね》

鍛冶《かじ》・法城寺佐常によって鍛えられた大薙刀《なぎなた》を、刃渡り二尺五寸三分(約77センチ)のところから棟を磨いて、先反《さきぞ》りの豪剣《ごうけん》に鍛え直したもの。大振りで身幅《みはば》が広いので、普通の日本刀より重く膂力《りょりょく》(腕や肩などの筋力)が必要となる。薙刀から鍛え直されたものだけに、刀としての強度も図抜けている。父・秀信から八州狩りを命じられるにあたって、手渡された。

光文社文庫

文庫書下ろし

夏目影二郎「狩り」読本

佐伯泰英

光　文　社

この作品は光文社文庫のために書下ろされました。

目次

＊項目の監修
東京大学史料編纂所教授　山本博文

◆特別書下ろし

位の桃井に鬼が棲む

佐伯泰英

『狩り』――夏目影二郎始末旅前夜。

萌との出会いが、聖天の仏七との確執が、今明かされる……

第一話　隠居の仇討ち

一

「兄い、いい女だろうが」

蝶足《ちょうあし》の新助《しんすけ》が影二郎《えいじろう》にいい、よだれが垂れそうな顔をした。

ここは神田明神《かんだみょうじん》の境内《けいだい》、影二郎と新助は若葉の生い茂る楠木《くすのき》の下から拝殿前で手を合わせる女を見ていた。

紅《べに》の彩りが鮮やかなじゃがたら縞《じま》の単衣《ひとえ》を粋に着こなし、立て兵庫《ひょうご》の髷《まげ》を結いあげた女は、細身から滲《にじ》み出る楚々とした風情《ふぜい》を神田明神の境内に撒《ま》き散らして男たちの目を集めていた。

「二十三とちょいと年増だがよ、あの柳腰をみねえ」

「新助、よだれを拭きねえ」

かすり模様が入った紬《つむぎ》に夏袴《ばかま》を穿《は》いた影二郎が伝法《でんぼう》な口調で応じた。

腰に二本差しがあるところをみると直参旗本の次男坊にも見えた。体付きは六尺余（約一八二センチ）で、顔立ちは整っていた。だが、どことなく暗い翳《かげ》が漂い、投げやりの表情が見えた。

女が拝殿から影二郎らのほうに顔を向けた。だが、十数間《けん》と離れ、木の下闇に佇《たたず》む影二郎らを目に留めたというわけではない。

すっきりとした細面《ほそおもて》で男の背筋をぞくりとさせるような女だった。

「あの顔で蛇を食らうかほととぎすって感じのお耀《よう》だがね、直参旗本七百石の妾腹《しょうふく》だ。本宅に引き取られて養母と気が合わず、ぐれにぐれたってお定まりのやつよ。それが異母兄とつるんで、銭《ぜに》だけはふんだんにある隠居をたらし込み、せいぜい十日あまり極楽を味わわせた上に寝床の中で小便をして、愛想を尽かされた体《てい》で追い立てを食う、そこへ異母兄の早乙女源一郎《さおとめげんいちろう》が乗り込んで、おい、おれの妹をよくも食いものにしてくれたってな、と強請《ゆす》りたかりを働こうという寸法だ。たらし込まれた金持ちの隠居は七、八人ではすむめえという話だ。強請りとった金子《きんす》は、少なく見積もっても五百両は超えていようという悪《わる》だぜ」

「そんなことはどうでもいい話だ。縞金《しまきん》の旦那《だんな》は親父の仇《かたき》を討ちたいというんだな」

「おうさ、縞金の隠居の棟兵衛《とうべえ》さんはよ、あの女の手練手管に嵌《は》まってけっこうな小判を貢《みつ》いだらしいや。だが、隠居が望んだこと、使った金はどうでもいい。兄貴の早乙女源一郎が玄冶店《げんやだな》よろしく床入りの場に乗り込んで、抜き身翳《かざ》して脅《おど》したものだから、ご隠居、びびりまくってぽっくりと逝きやがった。倅《せがれ》としては親父の仇を討ちたいのだと」

「隠居どのもいい想いをしたんだ。うっちゃっておくがいいじゃないか」

「影二郎さんよ、それじゃあ、おれっちの稼ぎにならないぜ」

「全くだ」

二人の前をお耀が透き通ったような肌の横顔を見せて通り過ぎていった。

「いくぜ」

と蝶足の新助が影二郎を誘った。

蝶足とは蝶が羽根を広げたような膳《ぜん》の足のことだ。外股の新助が歩くと裾《すそ》がまるで蝶足のように広がることから仲間内で、

「蝶足の新助」

と呼ばれていた。

江戸の影社会のなんでも屋で、銭になろうという仕事ならなんでも請け合った。だが、人を殺《あや》める荒仕事には決して手を出さないという評判だった。

影二郎より優に十歳は年上と思える新助は、下谷広小路《したやひろこうじ》の煮売酒屋の顔馴染《かおなじ》みだ。だが、

そう親しいというわけではなかった。その新助が、

「鬼の影二郎さんに頼みがあるんだがね」

と話を持ちかけてきた。

「大店《おおだな》の仇《あだ》を晴らしてくれれば百両にはなろうという話だ」


影二郎の実父は直参旗本三千二百石常磐豊後守秀信《ときわぶんごのかみひでのぶ》だ。母は浅草西仲町《あさくさにしなかまち》の料理茶屋嵐山《らんざん》の一人娘のみつだった。みつは正室ではない。婿《むこ》養子の秀信が外で囲っていた妾《めかけ》だった。

この二人から生まれた瑛二郎《えいじろう》は秀信の旧姓夏目《なつめ》を与えられて下谷同朋町《どうぼうちょう》の妾宅で侍の子として育てられた。

八つであさり河岸の鏡新明智流桃井春蔵《きょうしんめいちりゅうもものいしゅんぞう》道場に入門して、剣を学び始めた。この桃井道場は、北辰一刀流千葉周作《ほくしんいっとうりゅうちばしゅうさく》の玄武館《げんぶかん》、神道無念流《しんとうむねんりゅう》の斎藤弥九郎《さいとうやくろう》の練兵館《れんぺいかん》とならんで、

「位《くらい》は桃井、技は千葉、力は斎藤」

と江都《こうと》に名高い道場だ。

瑛二郎が十四の時、母のみつが流行病《はやりやまい》で亡くなり、瑛二郎の幸せな暮らしは終わった。秀信の本所深川《ほんじょふかがわ》の屋敷に引き取られたからだ。大川《おおかわ》をはさんで向こうとこちら、気風《きっぷ》も違ったがこちとら異母兄の紳之助《しんのすけ》とそりが合わなかった。それ以上に継母の鈴女《すずじょ》の嫌がらせに

うんざりした。

瑛二郎は浅草西仲町のみつの両親、瑛二郎の祖父母、添太郎《そえたろう》といくのもとに戻り、自由に羽根を伸ばす暮らしを楽しんだ。酒、博奕《ばくち》、女とひととおりの遊びを覚えた。祖父母がくれる金があって、腕っぷしも強い。たちまち浅草界隈では、

「あさり河岸の瑛二郎」

の名は知れ渡ることになった。

その頃のことだ、瑛二郎は親から貰った名を影二郎と変えた。

そんなやくざな暮らしだったが、あさり河岸の道場に通うことは決して止《や》めようとはしなかった。自堕落な暮らしを堪能しているだけに剣術ではそれまで以上に熱心に稽古をした。

伸びざかりということもあったかもしれない。また影二郎に剣術の才があったのかもしれない。道場で影二郎の竹刀《しない》さばきを受け止められる門人は数名しかいなくなったし、桃井春蔵も三本に一本は影二郎に負けを喫した。

「位の桃井に鬼が棲《す》む」

と言われ、

「あさり河岸の鬼」

と呼ばれ始めていた。

そんな折り、蝶足の新助に誘われたのだ。

影二郎はふだんの飲み食いに困ることはない。浅草西仲町で爺様《じじ》と婆様《ばば》が浅草寺《せんそうじ》の参拝客を目当てに料理茶屋を営んでいた。

そんな影二郎にいささか大金がいる事情が生じていた。三月《みつき》ほど前、剣術仲間と吉原《よしわら》に遊びに行った。部屋住みと呼ばれる旗本の次男三男坊ばかりだ、懐《ふところ》が豊かなわけもない。

せいぜい影二郎らが登楼できる吉原の妓楼は小見世《こみせ》だった。

この日、影二郎らは、昼遊びに馴染みの小見世を目指したが、影二郎は揚屋《あげや》町の春涯《しゅんがい》楼《ろう》のうずら格子《ごうし》の中にひっそりと座す女を見た。まだ吉原になれぬ様子がありありで、必死に耐える表情が見てとれた。

影二郎は仲間たちが馴染みの見世に上がったのを見届け、その小見世に戻った。

半間（約九〇センチ）幅の入口にかちん染の暖簾《のれん》がかかり、暖簾を潜《くぐ》ると籬《まがき》が客の行く手を阻《はば》んでいた。

「いらっしゃい」

と暗い声がして遣手《やりて》が影二郎に声をかけた。

「初めてかい」

「初めてじゃ」

「目当てはいるのかえ」

「隅にいる女を願いたい」

「お侍、目が高いね。見世に入ったばかりのおぼこだよ。だからさ、ちぃと揚げ代に色をつけておくれな」

影二郎は革財布から小判一枚を抜くと遣手に渡した。揚げ代二十匁《もんめ》の小見世に破格の値だった。

「おや、お侍、見かけによらず懐があったかいね」

遣手が裏階段を使って二階の角部屋に影二郎を案内した。控え部屋もない六畳一間で、遊女が客のあったとき、使うことを許された共用の座敷だ。

影二郎が所在なげに待っていると遣手に案内されて女が入ってきた。

「萌《もえ》、お馴染み様になるようにせいぜい尽くしな」

と遣手は言うと煙草《たばこ》盆をおいて出ていった。

座敷に障子《しようじ》を透かして昼の光が差し込んでいた。

「萌という名か」

「はい」

「おれは夏目影二郎だ」

「江戸の方ですね」

「生まれは下谷同朋町、不忍池《しのばずのいけ》の近くだ」

「不忍池」

と萌は不忍池を知らない様子だった。

「在所《ざいしょ》はどこだえ」

伝法な口調で聞いた。

「武州《ぶしゅう》川越《かわごえ》城下にございます」

「そなた、武士の娘か」

影二郎の問いに萌は困った顔で黙り込んだ。

「いやなら答えなくていいぜ」

影二郎の返事に顔を横に振った萌が、

「松平《まつだいら》様のご家中ではございません。川越城下に住まいする浪人の娘にございます。よんどころなき事情にて吉原に身売り致しました」

「その先はいいぜ、だれもがよんどころなき事情を持って吉原を始め、四宿《ししゅく》の岡場所に身を投じるのよ」

萌は、十七か八だろう。

「萌、最前の遣手に酒を用意させねえ」

はい、と頷《うなず》いた萌が座敷を下がり、自ら酒の入った銚子と酒器を盆に載《の》せて運んできた。

「お注《つ》ぎ致します」

「そんな真似をしたことがあるのか」

萌が顔を横に振った。すると寂しげな顔に笑みが浮かんだ。影二郎が侍の上に年齢がさほど離れていないことが萌を安心させたようだった。

「江戸のお方はお武家方もそのようにはきはきとした口調にございますか」

「おれの言葉か。勤番者《きんばんもの》や直参旗本の嫡男《ちゃくなん》ではあるまいし、御座《ご ざ》候《そうろう》だのござるなど使えるか」

「影二郎様はご次男にございますか」

「妾腹だ」

影二郎は萌が注いでくれた酒を、
ぐいっ
と飲んだ。そして、空《から》の酒器を萌に差し出した。

「萌に飲めと申されますか」

「おれと萌の祝言《しゅうげん》だ、三三九度と思え」

萌が返事の真意を探るように影二郎を正視した。影二郎も見返すと静かに頷いた。

「頂戴致します」

影二郎が注いだ酒を萌は三度に分けて飲み干した。

「向後、そなたがだれにだかれようとおれの嫁様だ、そう決めた。そいつを忘れないでくれ」

萌の顔が曇り、泣きそうな表情を見せた。

「萌は吉原に女郎として入りました。まさか初めてのお客様の嫁様にして頂こうとは嘘《うそ》でもいい、うれしゅうございます」

「萌、嘘か真実《まこと》か、影二郎のこれから先をとくと見ていよ」

「はい」

「床入りじゃ、萌」

萌が影二郎の言葉に頷き返した。

影二郎が袴を脱ぎ棄《す》てて床に入ろうとしたとき、玄関先で騒ぎが起こった。

「ばばあ、おれが唾《つば》をつけ、だれにも触らせるなと命じた女を客に差し出しただと！　客の部屋はどこだ」

と叫んだあと、

だだだっ

と階段を上がる足音が響いた。

真っ赤な長襦袢《じゅばん》の萌が身を竦《すく》めた。その手を取った影二郎が萌の体を背に回した。

「じいっとしておれ、よいな」

「はい」

萌の返事は影二郎を信じ切った響きがあった。

襖《ふすま》が開いてやくざと思える男が憤怒の形相で戸口に立った。その背に弟分が数人いた。

「なにか用か」

片膝《かたひざ》ついた影二郎が問うた。

「萌はどこだ」

「他人の嫁女を呼び捨てにするおめえはだれだ」

「鬼夜叉《おにやしゃ》の壮介《そうすけ》だ」

ふうん

と影二郎が鼻で返答した。

「どさんぴん、今戸《いまど》界隈でちょいと名の知れたお兄《あに》いさんだ。おれを本気で怒らせないうちに萌をおいて消えな」

「嫁様を鬼夜叉なんて二つ名の田舎やくざの前に独り残して姿を消せるものか。二人の祝言、邪魔立て致すな」

と影二郎が言い放った。

「てめえ、おれが事をわけて言うのが分からねえのか」

「鬼夜叉の壮介、怪我《けが》をせぬうちに消えよ」

「ぬかしたな」

と壮介が懐に突っ込んだ片手を抜いた。すると抜き身の匕首《あいくち》が逆手に構えられた。

「壮介兄い」

と弟分が声をかけた。

「うるせえ、こやつを突き殺してからてめえの話は聞く」

「兄い、あさり河岸の鬼だぜ、相手は」

「なにっ、あさり河岸の鬼だと」

「鬼夜叉とあさり河岸の鬼と二人して鬼が鉢合わせだ。だが、鬼夜叉、おめえがあと口だ。消えよ」

鬼夜叉の顔が憤怒で真っ赤になり、

「じゃかましいや」

と叫ぶと匕首を片手に突っ込んできた。

片膝を突いていた影二郎が傍《かたわ》らの剣を引き寄せると鞘《さや》に入ったままの鞘尻を鳩尾《みぞおち》に突っ込んだ。

ぐえっ

という呻《うめ》き声を上げて一瞬立ち竦んだ鬼夜叉の壮介の体が後方に吹っ飛び、弟分たちの体にあたって数人が尻餅をついて倒れた。

「壮介を連れて消えな。今後、萌に手を出すようなれば、夏目影二郎が壮介の素《そ》っ首《くび》を刎《は》ねにいくと伝えよ」

影二郎が襖を閉じた。

改めての床入りの前、萌は影二郎に向かって恥ずかしそうに、

「こちらに売られた日に吉原の仕来たりやら遊女の務めを遣手のおまつ様や姉様女郎に教えられました。萌は教えどおりに必死につとめますゆえ、至らぬところはお許しください」

と願った。

「なにっ、そなた、おれが初めての男と申すか」

「影二郎様」

「おれの名を覚えたか」

「あさり河岸の鬼とは、どのようなことにございますか」

「あさり河岸というところに鏡新明智流桃井春蔵先生の剣道場がある。夏目影二郎がその道場の厄介者ということよ」

「夏目影二郎様」

と頭に刻み込むように萌が呟《つぶや》いた。

「参れ、萌」

影二郎は布団の上に胡坐《あぐら》をかいて誘った。すると萌が、

「赤間《あかま》萌にございます、末永く可愛がってくださいませ」

と三つ指ついて頭を下げた。

影二郎は遊女の言葉をまともにとったことはなかった。だが、萌は影二郎が初めての男であった。破瓜《はか》の血がそのことを影二郎に教えた。

「そなた」

顔を伏せた萌が影二郎に、

「女郎の務めをはたしませず申し訳ございません」

と謝った。

「萌、この影二郎の前ではそなたは女郎ではない。おれの女房だ、忘れるな」

と告げ、萌を再び腕の中に抱き寄せた。

二

物想いに耽《ふけ》る影二郎と蝶足の新助の前から不意にお耀の姿が消えた。

不忍池の池之端寛永《かんえい》寺寺領にひっそりと並ぶ水茶屋の辺りでだ。

だが、新助は騒ぐ様子はない。

「お耀が消えた先は承知なんだ。影二郎さん、次の鴨との密会よ」

お耀が消えた辺りに細い路地が抜けてその奥に渋い藁葺《わらぶ》き屋根の門が見えた。

水茶屋のみずもだ。

「ここに来たとなると二刻《ふたとき》（約四時間）は辛抱しなきゃあなるまい。互いに五十両になろうという話だ。待つのも仕事のうちだ」

影二郎はなにも答えようとはせず、路地の奥を見通す場所を探した。小さな寺の山門があってそこから水茶屋の出入りが見通せた。

影二郎と新助は陽《ひ》が傾くにつれて木漏れ日《こもび》の影が移動していくのを見ながら、山門下でひたすら待った。

夕暮れの刻限、水茶屋の門の前に空《から》の辻駕籠《つじかご》が着いた。客を迎えにきた様子だ。しばらくするとお耀に見送られて、宗匠頭巾《そうしようずきん》の年寄りが姿を見せて、駕籠に乗り込む前に二つの人影が絡み合い、年寄りがお耀の手を握って振り、ようやく辻駕籠に乗った。

「江戸俳諧草琴《そうきん》派の親玉で種村《たねむら》草琴って年寄りだ。門弟千数百人だかを持っているとか、門弟衆も金持ちが多くて懐が豊かだ。草琴は、根岸《ねぎし》に時折り、高弟十数人だけを集めて句吟だかなんだか催すんだが、そこの草琴庵にお耀を囲うつもりでさ」

「次の金蔓か」

「そういうことだ」

新助はこの草琴をたらし込んだとき、縞金の隠居の棟兵衛の仇を討つつもりのようだ。

「草琴庵は分かっているんだな」

「ぬかりねえ」

白地の紬の着流し姿の若い武士が水茶屋みずもへの路地を入っていった。

「あいつがお耀の異母兄の早乙女源一郎でさあ」

背丈は五尺八寸（約一七六センチ）余、がっちりとした体付きで本物かどうか朱塗金蛭

た。巻大小拵《こしら》えの刀を腰に差していた。その朱色が水茶屋の雪洞《ぼんぼり》の灯《あか》りに映えて浮かび上がっ

「源一郎は四谷《よつや》の磯村七郎兵衛和高《いそむらしちろべえかずたか》様の東軍無敵《とうぐんむてき》流道場で、三本の指に入るという遣《つか》い手だ。あさり河岸の鬼にお出ましを願った理由《わけ》よ」

四谷の東軍無敵流は、実戦剣法を教えるとか、猛稽古で知られた道場だった。その磯村道場の高弟となれば強敵ということになる。

「お耀の口直しの相手ですよ」

影二郎が新助を見た。

「おかしいですかえ、異母兄と妹が乳繰《ちちく》りあっちゃあ」

「このご時世だ。あっても不思議はないか」

「お耀って女、一夜だって男がいなきゃあ、どうにもならねえって好き者だ。客の年寄りと寝たあとは必ず源一郎を呼んで、口直しでさあ」

新助は影二郎にすべてを見せるつもりで呼び出していた。

「お耀が種村草琴の庵《いおり》に妾に入るのはいつだな」

「最前の別れ具合ではこの二、三日内ではありませんかね」

「縞金の一家はどういたさば得心するのだな」

影二郎の口調にうんざりした様子があった。

「影二郎さん、年寄りの色恋は若い連中よりあとを引いて哀しい。棟兵衛さんはそんな最中にぽっくりと逝った。お耀と兄貴の二人に親父の無念を晴らすようなことを仕掛けてほしいというのが縞金の願いだ」

「縞金の依頼主は棟兵衛の家族か」

「へえ、さようです。縞金は縞物なら江戸で有数の呉服屋というお店《たな》です。お店の看板に関わることは困るがなんとか親父の無念をの一辺倒でね、わっしに頼んできたんで」

「どうする気だ」

「そいつをただ今思案中でございますよ」

源一郎が水茶屋に入って半刻《はんとき》（約一時間）後、四人の若侍が賑やかに路地奥へと消えた。

「源一郎の剣術仲間でさ。あの中の一人ふたりはお耀と寝ておりましょうな」

「呆《あき》れたな」

山門下に蚊がぶーんと現れて二人を悩ました。

影二郎らはそれでも堪《こら》えて水茶屋の出入りを見張った。

五つ半（午後九時半）の頃合いか、まず源一郎が独りで姿を見せ、足早に不忍池を取り巻く大下水沿いに下谷茅《かや》町の方角へと消えた。さらに四半刻《しはんとき》（約三〇分）後、お耀が四人の若侍を引き連れて現れた。

遠目にもさっぱりとした顔付きだ。

「参りましょうか」

蝶足の新助の今宵の狙いはお耀のようであった。

二十間ほどあとから二人はお耀ら五人の尾行を開始した。

「ちょいと刻限が早いが賭場ですかね」

新助も自信がないのか首を捻《ひね》った。若侍四人に囲まれたお耀は、ゆったりとした足取りで不忍池の西南から湯島《ゆしま》の切通《きりどお》しにかかった。

「この界隈に賭場があったか」

と影二郎も呟いた。

下谷同朋町育ちの影二郎だ、この界隈は縄張りといえた。

「わっしにも覚えがねえ」

かつてこの地に切通しを開削するとき、貝塚が現れたとか。

お耀らは湯島の切通《きりどおし》町から根生院《こんしょういん》の間の路地の奥にすうっと消えた。

「賭場とは違うな」

と新助が呟いた。

「夏目様、ちょいとお待ちを」

と切通しに影二郎一人を残した新助が紺地《こんじ》の手拭《てぬぐ》いで盗人《ぬすっと》かぶりにして路地の暗がりに姿を没した。

影二郎の腹がぐうっと鳴った。

朝餉《あさげ》を祖母の給仕で食べて以来、食べ物、飲み物は口にしていなかった。腹が減ったより喉《のど》が渇きを訴えていた。

切通しの上から、

「おでん燗《かん》酒、あんばいよし」

と売り声が聞こえてきた。

江戸では六月の声を聞き、夜が延びたと思う時節、煮込み田楽を売り歩くおでん燗酒売りが登場した。

「おでんやおでん、あまいとからい」

「おでんや、頼もう」

と影二郎が担ぎ屋台を呼びとめると影二郎の顔を見た燗酒売りが、

「なんだい、嵐山の若旦那かい」

と言った。

影二郎がかすかな灯りで頰《ほお》かぶりをした老爺《ろうや》を見ると、顔見知りの弥助爺《やすけじい》だった。

「おでん燗酒売りの時節か」

夏場は白玉売りの弥助爺が黙って燗酒とおでんを影二郎に供した。

茶碗酒を受け取った影二郎はくいっと半分ほど飲んだ。

「ようやく喉の渇きがおさまった」

「若旦那、こんなところでなにをしていなさる」

「ちょいとした稼ぎ仕事の手伝いさ。爺様、この路地になにがある、賭場か、曖昧宿《あいまいやど》か。

この界隈の暗がりはどこも承知のおれだが、うかつだったな」

「あさり河岸の暴れん坊もご存じないか」

と呟いた弥助爺が顔を影二郎に近づけると、

「賭場でもねえ、食売宿《しょくばいやど》でもねえ。南蛮渡来の阿片《アヘン》を吸わせる宿が店開きしたって噂《うわさ》だ。この路地の奥に入り込むと、懐があったかな素人《しろうと》は骸《むくろ》になって池之端あたりに転がっているって話だがね」

「剣呑《けんのん》な話だな」

「いくら若旦那でも近付かないほうがいい」

「仲間がすでに入り込んでいらあ」

「待つのは無駄だな」

と弥助爺が言ったとき、
ふわり
という感じで蝶足の新助が戻ってきて、盗人かぶりを解《ほど》いた。

「爺様、戻ってきたぞ」

と影二郎が言い、新助の酒とおでんを注文した。

「蝶足、なんぞ分かったか」

「どうにもこうにも警戒が厳しいや。なんだい、ありゃあ」

「阿片窟《くつ》よ」

新助の顔が影二郎を見て凍り付いた。

「影二郎さんは最初から承知していたのか」

「いや、弥助爺にたった今聞いたところだ」

「なんだい、無駄足か」

と蝶足の新助がぼやく。出された茶碗酒を一気に飲み干した。

「腹に染みる」

「弥助爺のおでんは絶品だ、食べてみよ」

新助がおでんにかぶり付き、

「美味《うま》いや、もっともこう腹が北山じゃあ、按摩の笛だってご馳走だぜ」

と悪態をついて二杯目の茶碗酒を願った。

「どうするな」

「阿片窟なんぞに潜《もぐ》り込みたくはねえ。お耀が出てくるのを待とうか」

影二郎と新助は酒をちびちびと飲みながらお耀ら五人組が現れるのを待った。

「影二郎さん、これでも待っている客がいるんだ、行くが、いいかえ」

と弥助爺が影二郎に断った。

「爺様の屋台を借り切るわけにもいくめえ。新助、酒代にいろをつけて払ってくれ」

と新助に命じた影二郎は、路地の奥から五つの影が出てきたのを認めた。

お耀らは切通しの上に向かって歩み去った。

新助が銭を払うのに手間取り、お耀たちの姿が坂上に消えていた。それが幸いした。路地奥から六、七人のやくざがお耀ら一行を追うように切通しの上に走っていったのだ。

弥助爺の屋台が消えて、新助が、

「見物にいくか」

と言いながらやくざのあとを追い、影二郎も従った。

二組は湯島切通し上の、麟祥院《りんしょういん》と加賀金沢《かがかなざわ》藩前田《まえだ》家の広大な上屋敷の南東の塀の三叉で対峙《たいじ》していた。

「姐《ねえ》さん、おめえ、客からブツを買ったな。うちじゃあ、あの場でなきゃあ、あいつを楽しんじゃいけねえんだよ」

「あら、そんな決まりがあっただなんて、知りませんでしたよ」

「ブツを返しねえ。うちは大金を払って危ない橋を渡っているんだ、素人のおめえらにそいつを邪魔されてたまるか」

「野暮はお言いでないよ」

「返さねえというのか」

「一旦懐に入ったものをどこのだれが返すえ」

お耀は平然としたものだ。

やくざと四人の侍が無言で睨《にら》み合い、二人の駆け引きを聞いていた。

腕は早乙女源一郎の仲間四人が強そうだった。だが、やくざは三人ほど人数が多い上に修羅場は慣れている様子があった。

「どうしても駄目というのなら、腕ずくでも取り返してこいという親分の命令だ。覚悟しな」

その言葉で双方が剣と匕首や長脇差《ながわきざし》を抜き合った。

ふーん

とお耀が鼻でせせら笑う声が影二郎らの隠れ潜む暗がりまで聞こえてきた。

「やってごらんよ」

お耀の投げやりの誘いにやくざの一人が匕首を腰だめにして突っ込んでいった。

お耀は匕首の切っ先の前に自ら身を投げた、と蝶足の新助は思った。

だが、切っ先の前で、

ふわり

と回り、お耀の袖が翻って突っ込んできたやくざの視界を閉ざした。

影二郎は見ていた。

お耀が髷に差していた両刃簪《かんざし》を抜くと視界を袖に閉ざされたやくざをすれ違わしてその項《うなじ》に簪の先を突き刺したのを。

大胆にして手練《てだ》れの早技だ。

影二郎はお耀の懐から白い紙包みが地面に落ちたのを目敏《めざと》く見ていた。

やくざが、くうっ、という呻き声を洩らすとその場に立ち竦み、その直後、くたくたと崩れ落ちていった。

「やりやがったな」

仲間をやられたやくざたちがお耀に突っ込んできた。それに対して四人の若侍らが応戦して、四人対六人の乱戦になった。

数の上ではまだやくざが勝《まさ》っていた。だが、お耀の鮮やかな手並みにやくざ連は浮き足だったり、動揺したりしていた。

若侍の一人が長脇差を振り回すやくざの頭分を仕留めると形勢はお耀らに一気に傾き、さらに二人ばかり腰と顔を割られた。

「一人だって逃がすんじゃないよ。殺《や》ってしまいな」

お耀の非情な宣告が三叉に響いた。

若侍らは本気でやくざ連を殲滅《せんめつ》させる気だ。

「なんて女だ」

と新助が呟いたとき、影二郎が暗がりに新助を残して、ふらりと戦いの場に歩み寄っていった。そして、なぶり殺しの様相を見せた闘争の場を見物するように立ち止まった。

「なんだい、おめえは」

お耀が誰何《すいか》した。

「通りすがりのものだ。喧嘩の勝敗は決しておる、止《や》めろ」

と言い放った。

「余計なお節介だよ。さっさと行きな」

お耀の言葉に影二郎は冷たい視線で応えた。

「なんだい、その眼は」

乱闘は影二郎の出現で双方が動きを止めていた。

ひっそりと立つ影二郎に苛立《いらだ》ったか、お耀が髷に戻していた簪を抜くと手首を翻して影二郎に向かって投げ打った。

影二郎とお耀の間合いは三間とない。

鋭く研ぎ上げられた切っ先が常夜灯の灯りに白く光り、影二郎の顔に突き立とうとした。

影二郎はお耀が身を翻したと同様な動きで回転して簪をすれ違わせた。いや、そればかりか無音の気合いを口から発すると腰間から一条の光が流れて、飛び去ろうとした簪を、両断して地面に落とした。

おっ
と驚きの声を洩らしたのはやくざ連の一人だ。そして、その男が、

「あさり河岸の鬼だぜ」

と呟いた。

「なにっ、鏡新明智流桃井道場の夏目影二郎か」

と影二郎の正体に気付いた若侍の一人が下げていた刀を構え直した。

「八重洲荘兵衛《やえすそうべえ》さん、止めておきなよ」

とお耀が蓮っ葉な言葉遣いで止めた。そして、影二郎を睨んだ。

「夏目影二郎、よくも邪魔をしてくれたね。今晩は消えるけどこの代償は高くつくよ」

と捨て台詞《ぜりふ》を残して三叉から加賀様の上屋敷の裏路地の闇へと消えた。

影二郎はそのあとを蝶足の新助が密かに尾行していったなと思いながら、摂津《せっつ》の刀鍛治月山貞次《がっさんていじ》が鍛造した刀渡り二尺四寸三分（約七四センチ）の愛刀の血ぶりをして鞘に納めた。

「あさり河岸の鬼、今晩のことは恩にきるぜ」

影二郎の目が冷たくもやくざ連を眺め回した。三叉には三人のやくざが転がって苦悶していた。

「おめえたちの頭《かしら》がだれかは知らぬ。湯島の切通し裏で阿片窟とはいい度胸だな」

「おれっちにはお上《かみ》のお偉いさんが付いているんだよ。今晩の働きは親分に伝えておくぜ。一度阿片窟に遊びにきてくんな、損はさせないからよ」

「そんなことより三人を医者のところに担ぎ込まなきゃあ、助かる命も助からないぜ」

やくざ連が怪我人を引きずったり抱えたりして戦いの場から姿を消した。

影二郎は、お耀の懐から落ちた紙包みを拾うと下谷広小路に向かって切通しを戻り始めた。

三

あさり河岸は里名だ。八丁堀《はっちょうぼり》と三十間堀《さんじっけんぼり》と楓《もみじ》川が合流する界隈があさり河岸と通称された。

夏目影二郎が通う鏡新明智流の桃井春蔵道場はこのあさり河岸にあった。春蔵は流派の創始者桃井直由《なおよし》の子であるという。

『撃剣叢談』に曰《いわ》く、

「鏡新明智流は近比江戸萱葉町に大束七流軒伴山という者あり。四流の剣術を合わせて一流を結構して私に明智流と云。一年神明の社頭にすさまじい自賛の額を懸けたり。夫を見て段々仕合を望み行く者多し。伴山の子を桃井春蔵と称す」

江戸の剣術界において、初代桃井直由と二代目直一《なおかず》の評判は決して よくない。

直一は度々仕合をして負け、直由（伴山）は病と称して勝負を避けたゆえだ。だが、三代目春蔵直雄《なおかつ》は鏡新明智流を指導し、なぜか道場も繁盛した。弟子筋は八丁堀が近いこともあって、江戸町奉行所の与力同心が多かった。

天保期《てんぽう》（一八三〇〜四四）、徳川幕府は内憂外患に見舞われて、武士が剣術を再び習う傾向があった。

その筆頭が千葉周作の指導する北辰一刀流であり、斎藤弥九郎の神道無念流だ。そして、なぜかこの二つの流派に伍して、

「位の桃井」

と鏡新明智流の三代目春蔵直雄がこの時代の剣術を主導していく。

そんな桃井の門弟として頭角を現したのが夏目影二郎だ。

この朝、道場に入った影二郎は、道場の真ん中に辺りを睥睨《へいげい》するように三人の武芸者が立っているのを眼にした。

道場破りを生計にしているような連中で、幾多の修羅場を潜ってきた様子が大きな体と荒《すさ》んだ風貌から知れた。道場の入口には三人の従者か、四人の小者《こもの》が控えていた。

応対するのは春蔵直雄で困った顔をしていた。

「当流は真剣勝負を禁じておる。竹刀での仕合なればお受け致す、なれど技の向上が目的、

看板を貰い受けるだの、路銀《ろぎん》をどうのということはお断りいたそう」

「位の桃井と江戸では評判の鏡新明智流、なんとも情けない流派じゃのう」

「兄者、かような道場、相手にしても致し方あるまい。されどわれらも出向いてきた以上、手ぶらでは帰れぬ。看板を貰い受け、宿で薪《たきぎ》にでもいたそうか」

三人の中で一番若くて体の大きな男がいった。よくみれば三人して風采《ふうさい》が似ていた。どうやら兄弟のようだ。

「深尾《ふかお》どの、それは困る」

と春蔵が言ったとき、年若の大男がくるりと春蔵に背を向けた。すると影二郎と目があった。

「おお、影二郎か」

春蔵がほっとした声を上げた。

「なんだ、その方」

「当道場の門弟だ。むさい恰好《なり》をしおって、在所を食い詰めて江戸に出てきたか」

「おのれ、井蛙《せいあ》流深尾龍之助《りゅうのすけ》、虎松《とらまつ》、三郎次《さぶろうじ》に対して雑言《ぞうごん》を吐いたな」

末弟の三郎次が怒鳴った。

「在所は因幡《いなば》か」

古書に曰く、

「井蛙流因州にて生れし流派にて鳥取藩家臣深尾某という者、新たにこの剣技を創始せり」

とある。

「若僧、大口を叩きおるぞ」

と次弟の虎松が六尺余の短槍《たんそう》の穂先を影二郎に突き付けた。

「その方が師の代わりを致すというか」

「桃井先生が申されたとおり真剣での立ち合いは禁じられておる」

「兄者、この者も腰抜け師と同じ穴の狢《むじな》じゃ」

「ただし、降りかかる火の粉を払うことまで禁じられてはおらぬ」

「なにっ、われらに抗するというか」

次弟の虎松が短槍の鞘を払うとぴたりと影二郎の胸板に付けた。同時に末弟の三郎次が剣を抜いた。

影二郎も父の秀信に成人の折りに贈られた月山貞次を抜いた。

経緯を見守っていた門弟ら二十数人の間から、
おおっ
というどよめきが起こった。

影二郎は師匠の前で真剣での立ち合いを見せたことはない。だが、遊び仲間と幾多の刃《にん》傷《じょう》沙汰に加わり、修羅場を潜った経験はあった。

真剣での勝負は間《ま》を読むことだと実戦の中で会得《えとく》していた。

虎松が短槍をしごいた。

影二郎は月山貞次を立てた。

間合いは一間（約一・八メートル）ほどか。

おっ！

と叫んだ虎松が踏み込みながら、短槍を影二郎の胸に迅速に伸ばした。

不動の影二郎の月山貞次が短槍のけら首を斬り飛ばすと、

すいっ

と間合いを詰めて驚きの表情を見せた虎松の喉元を非情にも一閃した。

ぱあっ

と血飛沫《しぶき》が上がり、

どさり

と虎松が斃《たお》れた。

「やりおったな」

た。

「弟、ぬかるな！」

井蛙流の長兄深尾龍之助と三郎次は虎松が敗れたのを見て同時に立ち上がり、剣を抜いた。

夏目影二郎はすでに月山貞次を正眼《せいがん》の構えより、胸とほぼ平行に垂直に立てた構えに戻していた。

影二郎は虎松を斬り、気持ちがすうっと静まっていた。一方、次弟の虎松を斃された二人は激昂《げっこう》していた。

長兄の龍之助は正眼に、末弟の三郎次は、剣を右肩に背負うように構えていた。

三郎次がすいっと間合いを詰めてきた。

影二郎は七分三分で龍之助の動きを注視していた。

再び三郎次が右肩に担いだ剣を威嚇するように前後に振った。一瞬、影二郎の視線がそちらに向かった。

その瞬間、龍之助が一気に踏み込んできた。正眼の剣の切っ先が、
ぐいっ
と影二郎の喉元に伸びてきた。

影二郎は避けようとはせず切っ先に自ら身を投げ出し、見物の門弟衆が息を呑んだ。

切っ先の寸前で影二郎の体が相手の右横へと流れ、わずかな間合いで外すと立てていた月山貞次を龍之助の首筋に叩き付けた。したたかな手応えがあって深尾龍之助の体ががくんと沈み込んで竦み、その直後に崩れ落ちた。

三郎次の両眼が大きく見開かれた。

わあああっ！

と叫び声を上げて右肩に負っていた剣を虚空《こくう》に突き上げるようにして影二郎に突進してくると振り下ろした。

影二郎が恐怖に腰が浮いた三郎次の剣を弾《はじ》くと、三郎次は前のめりに床に倒れた。

「もはや勝負はついた。兄者二人の亡骸《なきがら》を持ち去れ」

三郎次が立ち上がった。顔が歪《ゆが》んで今にも泣き出しそうな表情をしていたが、

「おのれ、許さぬ。必ずや兄者二人の仇を討つ」

と呟いた三郎次が小者に合図して龍之助と虎松の亡骸を引きずるように道場の外に運び出した。

「影二郎、そなたは」

と春蔵直雄がなにかを言いかけたが、その言葉を飲み込むように止めた。

「先生、なにか」

「非情の剣、どこで覚えた」

「それがしの師は桃井春蔵先生お一人、流儀は鏡新明智流にございます」

「いささか剣風が荒んでおる、気を付けよ」

と言い残した桃井春蔵は道場を下がった。

「影二郎、あさり河岸の鬼が本性を見せたな」

と北町奉行所の定触役《じょうふれやく》同心の北野三十郎《きたのさんじゅうろう》が師の消えたのを見定めて言った。定触役とは臨時出役の折り、同心の振り当てをする役職で町廻りの花形三同心からは外れていた。

「影二郎、あちらこちらで喧嘩をしておるという噂じゃぞ。われら、町方の世話になるようなことはするなよ」

と南町奉行所蹲《つくば》い同心の黒地仁兵衛《くろちじんべえ》が笑いかけた。

「北野様や黒地様の世話になるようなことは致しません」

年上の門弟に影二郎は応じた。

「影二郎、師匠がおまえの言動を気にするわけが分かるか」

と言い出したのは師範格の園田儀助《そのだぎすけ》だ。

「分かりませぬ」

「おまえは若いでそのようなことに気付くまい。春蔵先生は妹のおふくさんとおまえと夫婦《めおと》にして四代目を継いでもらいたいのさ」

「それがし、困ります」

「なんだ、その返答は。そなた、好きな女子《おなご》でもおるのか」

と北野が口を挟んだ。

影二郎は大半の門弟より年下で八歳の折りから道場通いをしているので桃井道場の末弟のような存在だ。

「北野様、そのような者はおりませぬ」

「ならば、考えてもよいではないか」

「二十前から所帯を持つ相手がいるなど野暮ですよ」

「そなたのように面《つら》がよくて腕っ節が強い上に爺様からいくらでも小遣いが出るとなると、巷《ちまた》の女子は放っておくまい。まあよいよい、若いうちだけだ、大いに羽根を伸ばせるのはな」

「黒地様の忠言、肝に銘じておきます」

影二郎は、真剣勝負の肉を断つ感触を忘れるように二刻半《ふたときはん》ほど独り稽古《けいこ》に打ち込んだ。

稽古が終わったとき、道場には影二郎しかいなかった。そして、傾いた西日が格子窓から道場の床に差し込んでいた。

井戸端に行って稽古着を肌脱ぎにして釣瓶《つるべ》で汲《く》んだ水で体の汗を綺麗に拭った。

「あら、影二郎さんがいたの」

おふくの丸い顔が覗いて黒眼がちの両眼がきらきらと光った。影二郎より三つ年上だけに遠慮がない。

「手拭いを持ってきましょうか」

「おかまいなく、おふくどの」

「おふくどのだなんて、なんだか堅苦しいのね」

八歳で入門した影二郎は当時小太刀を習っていたおふくから剣術の手解《てほど》きを受けた。その年頃の三つ違いは長姉と末弟のようで体の大きさも違い、技を知るおふくの方が断然強かった。

影二郎の鏡新明智流の修行はおふくに追い付き、追い越す修行でもあった。十一歳を越えた頃から影二郎の背丈が急速に伸びておふくを追い越し、技を会得したこともあっておふくとの力の差が逆転した。

十五歳を数日後に迎えるという師走《しわす》、おふくに影二郎は道場に呼び出された。腰に小太刀を差していた。

「なんだ、険しい顔をして、おふく様」

「影二郎は近頃おふくの小太刀など女子のままごとと広言しているそうね」

「そのようなことは口にしたこともない」

影二郎はおふくの関心を惹《ひ》かんと兄弟子の須加敏八朗《すがびんぱちろう》が言い付けたなと思った。須加はおふくと所帯を持ち、道場を継ぎたいという野心を抱いていた。

「覚えはないというの」

「ない」

「いいわ。ここで黒白をはっきりとつけるわ。おふくの小太刀の年季は影二郎の修行より倍するのよ。負けるものですか」

とおふくが刃渡り一尺八寸余（約五五センチ）の小太刀を抜いた。

「馬鹿はよせ、そなたと争うことになんの意味がある」

影二郎は後ろに跳び下がった。

おふくが間合いを詰めてきた。

おふくの小太刀に追い詰められて影二郎は壁際まで下がった。壁には木刀や竹刀がかかっている。影二郎は竹刀を手にした。

「刀を持ってきなさい。真剣勝負よ」

「断る」

「竹刀で十分というの」

「そうはいわぬが竹刀でよい」

おふくがぎらぎらとした眼で見ていたが、すうっと道場の真ん中まで下がった。

影二郎とおふくは改めて道場の中央で対峙した。

小太刀と竹刀。

おふくも影二郎も道具の長所短所を知りつくしていた。

おふくは小太刀を中段より切っ先を下げて構え、影二郎は正眼だった。

睨み合うこと数瞬、おふくが間合いを詰めてきた。

影二郎は竹刀の切っ先でおふくの前進を牽制した。だが、おふくは影二郎に殴られることを覚悟して、踏み込んできた。

影二郎はこれまでの立ち合いと異なる戦いに困惑して、迷っていた。

その迷いを突くように、
きええいっ
と気合いを発したおふくが小太刀で影二郎の竹刀を弾くと、さらに踏み込み、胴切りを見舞った。

女とは思えない迅速な小太刀さばきだ。

影二郎は、ぽーんと後退すると間合いを取り、

「おふく様、手向かい致す」

「だれが遠慮しろと言ったの」

間合い半間。

此度《こたび》もまたおふくが先手をとった。だが、影二郎は逃げず、踏み込んでくるおふくの小太刀を握る右手を叩いていた。

しなやかな影二郎の竹刀さばきは、見た目以上に強力で痺《しび》れを生じさせた。だが、おふくは、

「まだまだ」

と言いながら小太刀を振るった。しかし、明らかに最前の勢いは見られなかった。

「よせ、もう引かれよ」

「ならぬ、勝敗が決するまで戦うのじゃ」

小太刀の柄《つか》を両手で必死に握り締めたおふくが間合いの内に踏み込んできた。

影二郎の竹刀が再び躍《おど》り、小手を叩くと小太刀が床に落ちた。立ち竦むおふくの肩口を、
びしり
と影二郎の竹刀が叩いて、がくん、とおふくの腰が沈んだ。

「おふく様、もはやそなたと稽古をすることはない」

影二郎はそう宣告すると竹刀を投げ出し、道場から出ていった。その背に忍び泣きが聞こえてきた。そして、その日を境におふくがあさり河岸の道場に立つことはなかった。

「影二郎さん、吉原に好きな女郎さんがいるんですって」

とおふくの憎しみの籠《こも》った両眼が睨んだ。

「だれがそのような戯《ざ》れごとを吹き込んだのです」

「そんなことはどうでもいいわ。真実《まこと》なの嘘なの」

「おふく様に答える必要はござらぬ。失礼致す」

と影二郎は言い残すと井戸端を去った。

その背におふくの視線が張り付いているのを意識しながら、道場を出た。

四

夏目影二郎が吉原の大門《おおもん》を潜ったのは、五つ（午後八時）前のことだ。

仲ノ町に大勢の客が群がっていた。

大見世の太夫が七軒茶屋に客を迎えにいく花魁《おいらん》道中を見物する男たちの姿だった。

影二郎は、野次馬の後ろを揚屋町の端っこにある小見世春涯楼に向かった。うずら格子の中には萌の姿は見えなかった。だが、客のつかない年増遊女が二人、暗い眼差《まなざ》しを向けた。萌と出会った折りにも張見世に残っていた女郎らだ。

「おまえさん、萌さんの客だね」

と一人が聞いた。

「萌は客の相手か」

年増女郎が頷いた。

「致し方ないな、ひと廻りしてこよう」

「客は一晩萌さんを借り切る気だよ」

「出直しか」

萌が遊女である以上、致し方ない仕儀だった。

「見世も困っていなさる」

どういう意味か。

その女郎が半年か一年後には、表見世から最下等の羅生門《らしょうもん》河岸の局見世《つぼねみせ》に落ちていくのは目に見えていた。

「客は浅草聖天《しょうでん》町で御用聞きと香具師《やし》の元締めの二足の草鞋《わらじ》を履く仏七《ぶつしち》親分だよ。二、三日前に萌さんを見かけて上がり、これで三度目、えらく熱心だ。萌さんを落籍《ひ》かせると主《あるじ》に話したそうだよ」

影二郎は年増女郎の言葉に内心愕然としながらも素知らぬ顔で応じていた。

「そなたら遊女には売り買いはつきもの、吉原に落ちてきたばかりで落籍かされるとは、萌も幸せではないか」

「あさり河岸の鬼とも思えない言葉だねえ。わたしゃ、萌さんから聞いたよ、おまえさんと萌さんは夫婦の契《ちぎ》りを交わした間夫《まぶ》とね」

影二郎は黙ってうずら格子に寄り掛かる女郎を見た。

「そなたの名は」

若紫《わかむらさき》、と答えた女郎は薄く笑い、

「吉原で大層な名を付けられた女郎ほど先が不幸というのはほんとの話だねえ。わたしの吉原の始まりは京町の中籬《ちゆうまがき》さ、それがいつの間にか小見世に落ちてきた」

「若紫、仏七は一人か」

若紫は天井付近にうつろな目を這《は》わせ、

「今は手下や用心棒が何人もいるよ。四つ(午後十時)前にはそいつらも吉原から帰されて、仏七だけが床入りだ。だが、七つ（午前四時）には一人で大門を出る。この仏七、けちで評判の男でね、妓楼の主も落籍というわりには金子が出ないことを知っているから、なんとかこの話には乗りたくないのさ。だが、相手は浅草を仕切る香具師の上に十手《じって》持ち、どうにも抗《あらが》いきれないでいなさる」

「萌はどう思うておる」

「夏目影二郎さん、知れたことだ。萌はおまえさんの嫁女なんだろ」

「分かった」

影二郎は一分《いちぶ》金を若紫の手に握らせた。

「なにをする気だい」

「その気にさせたのは若紫、おまえさんだぜ。黙って見てな」

「あいよ」

影二郎はうずら格子を離れた。


夜明け前、影二郎は、着流しに三尺ほどの長さの青竹を手に下げて浅草田圃《たんぼ》にひっそりと立っていた。

ひょろりとした松が何本か立ち、その根元に道祖神《どうそじん》があった。そのせいで道祖神の辻と呼ばれていた。

山谷《さんや》堀から白い靄《もや》が漂ってきて土手八丁から浅草田圃を覆い隠そうとした。

影二郎は見返り柳から大門につながる五十間道《ごじっけんみち》を振り返った。

外茶屋の間の路地を抜けて、ひたひたと一つの人影が浅草田圃へとやってきた。羽織の紐の辺りにこれみよがしに十手が見えた。

聖天の仏七だ。

浅草聖天町に戻るためにはこの浅草田圃の道祖神の辻を抜けるのが一番の近道だ。

影二郎は懐から手拭いを出すと吉原かぶりにして顔を隠した。

仏七はいかにも腕力が強そうな固太りの男だった。

夜が白んできた。

仏七が影二郎に気付いたのは六、七間手前だった。不意に足を止めると、

「てめえはなんだ」

と油断なく身構えた。

影二郎は無言で答える代わりに青竹を片手に構えた。

「てめえ、おれを聖天の仏七と知って襲おうってのか」

仏七が懐から捕縄《とりなわ》を抜いて、

ぱらり
と解いた。すると縄の先端に二本爪の鉤縄《かぎなわ》が現れた。よほど捕り物に自信があるのか、呼子を使って仲間を呼ぼうともせず鉤縄を頭上に、
ぶるんぶるん
と回転させ始めた。

「この鉤縄で面を裂かれた悪党が何人いたか。てめえも伝馬町《てんまちょう》の牢屋敷で仏七を甘く見たことを悔やむことになるぜ」

鉤縄の鉄爪が影二郎の顔のすぐ前を通過していく。

影二郎は青竹にもう一方の手を添えた。

さらに鉄爪が影二郎の顔に接近して、五、六寸前を通り過ぎた。

(この次か)

影二郎の予測を裏切って鉄爪が遠のいた。

仏七がにたりと笑った。

次の瞬間、仏七の縄を繰り出す手がすいっと緩《ゆる》められて、尖《とが》った二本爪が影二郎の顔を目掛けて一直線に襲いかかってきた。

ひらり

と身をかわした影二郎の青竹が一閃して、円を描いていた鉄爪を弾き飛ばして、仏七へと叩き返した。

鉄爪が虚空を一直線に跳ね戻って仏七の頬の肉を削《そ》ぎ取って浅草田圃に落ちた。黒い縄が伸びて、仏七の片手も鉄爪の飛んだ方向へと伸びた。

いや、仏七は手が伸びたどころではなかった。

げええっ

と叫んだ仏七は道祖神の辻に倒れ込んで鉄爪に裂かれた顔を片手で押さえて転がり回った。

そのたびに朝靄が乱れて舞い上がり、血飛沫が手の間から飛んだ。

「仏七、萌に手を出すんじゃやねえ」

影二郎が転がり回る仏七の固太りの腹を片膝で押さえ付けて耳元に囁《ささや》くと、

「分かったたか」

と念を押した。すると仏七が恐怖のあまりか、がくがくと顎《あご》を振って答えた。

立ち上がった影二郎が、

「慈悲と思え」

と言うと青竹の先を仏七の鳩尾に突き下ろして失神させ、痛みを忘れさせた。そうして

おいて湯島切通しの三叉でお耀の懐から落ちた阿片の紙包みを仏七の懐にねじ込むと、

「そのうち朝帰りの客が見つけようぜ。それまで死ぬんじゃないぜ、聖天の仏七親分」

と言い残した影二郎は、浅草田圃道祖神の辻から姿を消した。

仏七の懐に阿片の紙包みを入れたのは咄嗟《とっさ》に思い付いた知恵だった。十手持ちを襲ったのだ、奉行所上げての捜索が開始されるだろう。

影二郎は、萌のためにも自分のためにも正体は知られたくなかったし、仏七の懐に入れた阿片の紙包みが探索を混乱させるだろうという思い付きに過ぎなかった。

数日、穏やかな日が続いた。

影二郎が稽古を終えてあさり河岸の道場を出ると柳の木の下に蝶足の新助が待っていた。

「影二郎さん、今晩、やるぜ、手を貸してくんな」

と言った。

「ならば根岸の種村草琴の庵で会おうか」

「九つ（午前零時）までに来てくんな」

「承知した」

「影二郎さん、手付けだ」

と新助が切餅（二十五両）一つを手渡した。それに草琴庵の絵地図が添えてあった。

「残りは御用を終えてからだ、それでいいかえ」

影二郎は無言で頷きながら視線を背に感じて振り向いた。すると道場の門の下におふくの姿があって、こちらを睨んでいた。

「あちらこちらと忙しいことだ」

「そんなんじゃねえや」

「そうかねえ。娘さん、うらみがましそうな目付きだぜ」

と笑った新助が、

「影二郎さん、気をつけな」

「関わりがないといったろ」

「そうじゃねえ、浅草聖天町で香具師の元締めと御用聞きの二枚看板を上げる仏七って野郎が医者にかつぎ込まれてのたうっているらしいや。覚えがないか」

「ないな」

影二郎は新助の目を見ながら否定した。

「理由は分からねえ。瀕死の親分が子分たちに吉原の萌という遊女の馴染みを一人ひとり洗いだすように命じたらしいぜ」

「ほう」

「ほうじゃねえや。おれの仕事を手伝うんだって萌さんのためだろうが」

「新助、おれのことは詮索しないことだ」

「それでいいというのなら、この一件で聞き耳を立てるのは止しにするぜ、それでいいのか」

影二郎は沈思した。

「まあ、悪いようにはしねえよ、おれに任せておきなって。世の中、相身互《あいみたが》いってことよ。夜半九つ根岸の里で会おうか」

蝶足の新助が右肩を怒らせ、懐手であさり河岸を離れていった。

影二郎は切餅をぽーんと虚空に投げ上げて、片手で摑むと後ろを見た。するとおふくの怒った眼差しとぶつかった。


根岸は現在もその地名を残す。台東《たいとう》区根岸一丁目から五丁目にだ。東叡山《とうえいざん》寛永寺、俗に言う上野《うえの》の山の北側にあって、

「呉竹《くれたけ》の里」

とか、

「時雨《しぐれ》が岡」

と呼ばれて江戸後期には酒井抱一《さかいほういつ》が雨華《うげ》庵を構えるなど文人墨客が大勢住み暮らし、野趣風雅を愛する大家大店《たいけおおだな》の隠居が余生を送った。

音無《おとなし》川の流れの縁に棲む鶯《うぐいす》、くいな、雲雀《ひばり》は有名で、山茶花《さざんか》の咲く地としても知られていた。

江戸俳諧の大立者、種村草琴の草琴庵は庵とは名ばかりで、音無川の畔《ほとり》に五、六百坪の敷地を持ち、緑が鬱蒼《うつそう》とした佇まいで内所の豊かさを見せつけていた。

木刀を手に下げた影二郎が新助に聞いていた寺の門前に辿《たど》り着くと、
ふわり
と新助が姿を見せて、

「遅いじゃないか、来ないかと思ったぜ」

と文句を言った。

「ようやく九つを回った時分だぜ」

「いや、九つ半に近いぜ」

「頃合いだ、縞金の見届け人はいるんだな」

「おう、倅が立ち会う。それに役者は揃ったぜ」

「ならば乗り込もうか」

影二郎はその場で袴を脱ぎ、梅の古木の枝に掛けた。

「羽衣《はごろも》の松ならぬ袴の梅か」

と新助が言い、懐から剃刀《かみそり》を試しに抜いた。新助は革鞘に入った剃刀を護身用の道具として持ち歩いていた。

「新助、おめえにそいつを使わせるようなれば助っ人失格だ。抜くんじゃねえぜ」

「今夜は身を守るためじゃねえよ、あさり河岸の旦那《だんな》」

「ふーん、なにに使うんだか」

二人は風流人がいかにも好みそうな苔《こけ》むした藁葺き屋根の門をそっと潜った。すでに新助が開いていた。

手入れの行き届いた庭の敷石を歩いていくと梅林の向こうに草琴庵が見え、いきなりお耀のあられもない嬌声が響いてきた。

「根岸の里に鳴くのは雲雀か鶯と思うたが、夜中にけたたましくもいたちか蝙蝠《こうもり》が叫びやがる」

と影二郎がせせら笑った。

四半刻《しはんとき》ばかりお耀のよがり声を影二郎と新助は、耐えて聞いた。

「お耀、この庵に住んでおくれな」

と種村草琴の哀願するような言葉が洩れてきて、

「鴛鴦《おしどり》も夫婦同然になれば鼻にもつきましょう」

「なんの、そなたの美貌と秘術、百年たとうが飽きるものか」

と種村が再びお耀の体にのしかかる様子を見せて、一瞬揉み合う気配と息づかいがあった。

「草琴様、しばらく体を休めてそれからになされませ」

「夜は長いものな」

すでに打《ちょう》打《ちょう》発止《はっし》の一戦に草臥《くたび》れていた種村の鼾《いびき》が根岸の草琴庵に高く低く聞こえていた。だが、直《す》ぐに、

「なんだい、これは」

と狼狽《ろうばい》したような種村の叫びが上がり、

「お耀！」

と悲鳴にも似た驚きの声が続いた。

「あら、また粗相《そそう》を、ご勘弁を草琴様」

としれっとした口調で詫びるお耀の声がした。

「お耀、おまえは夜尿症の癖がありますのか」

「ときにございます」

「布団の上が小便でべちゃべちゃですぞ」

種村草琴の言葉は百年の恋が醒めたかのように白々しかった。

「お耀、そなたには愛想が尽きた、出ていきなされ」

「あれ、最前まで庵に一緒に棲もうと申されたではございませぬか」

「まさか寝小便癖があるなんて考えもしませんでした」

「なんとか御側《おそば》に」

とお耀が哀願し、

「なりませぬ、さっさと出ていけ」

と種村が声を荒らげた。

「ならばこれまでの可愛がり代を頂けましょうか」

「なにっ、手切れ金ですと」

「嫁入り前の体を弄《もてあそ》ばれたのです。お耀は痩せても枯れても直参旗本早乙女家の娘です、傷ものにしたお代頂戴致しましょうか」

「居直ったな」

種村が草琴庵の納屋に住まわせた男衆《おとこし》の名を呼んだ。その直後、

「八十吉《やそきち》、よいところに。いや、そなたは八十吉ではないな、な、なんですか、そなた方は」

と狼狽した種村の声がした。

「おい、種村草琴、よくもおれの妹に手を出した上に、小便たれ呼ばわりしやがったな。お耀が言うように嫁入り前の体だ、傷が付いた。どうしてくれる」

と異母兄の早乙女源一郎が脅迫に入った様子があって、影二郎の傍らから蝶足の新助が動き出し、影二郎も続いた。

草琴庵の寝間は句会を催すために広縁が付いた二十畳と十六畳の続き座敷の母屋とは渡り廊下で結ばれた離れ屋にあった。

新助が足を止めた。

渡り廊下に二人が立って懐手で離れ屋の様子を窺《うかが》っていた。

東軍無敵流磯村七郎兵衛道場の門弟早乙女源一郎の朋輩《ほうばい》らだろう。

新助が後ろを見て、影二郎に顎を振った。心得た影二郎が渡り廊下に歩み寄ると草履《ぞうり》の下で玉砂利《たまじゃり》が鳴り、二人が振り向いて、

うっ

と押し殺した声を洩らした。

その瞬間、影二郎の手の木刀が相手の鳩尾を次々に突き上げると、体が前のめりに崩れ落ちてきた。そいつを影二郎と新助が受け止めて、庭に下ろして刀の下げ緒を解くと後ろ手に縛り上げた。

五

「よし、奥の院に突っ込むぜ」

新助が渡り廊下にひらりと飛び上がり、蝶足の冴えを見せて物音ひとつ立てずに廊下に片膝をついた。

影二郎も続いた。

「そなたらは最初から企《たくら》んだな」

と種村草琴の切羽詰《せっぱつ》まりながらも必死で抵抗を試みようとする声が洩れてきた。

「草琴、てめえには俳句の門弟が何千人といるんだってな、小便たれのお耀を妾に囲おうとしたことが知れたら、門弟に愛想を尽かす者も出てこような。それともこのネタ、読売に売り込むか」

「止めてくれ」

と種村が悲鳴を上げた。

「地獄の沙汰も金次第だ。口止め料、いやさ、おれの妹を可愛がったお代を出しねえ」

「いくらだ」

「てめえの名が汚されるのを防ごうという話だ。種村草琴、おめえが決めねえな」

「五十両、出そう」

お耀の笑い声が響いた。

種村が文箱《ふばこ》から小判でも摑み出したような音が響いた。

「江戸俳壇の重鎮の体面料がたった五十だと」

「いくらならいい、百両までなら出す」

種村の言葉は必死だった。その言葉に異母兄と妹がせせら笑った。

「種村草琴の看板料はそんなに安いのかえ。お耀、こいつは悪い夢を見たと思って諦めねえ」

「兄上、どうなさるので」

「知れたこと、読売に売り込み、種村草琴のけちぶりを宣伝してもらおうか」

「止めてくれ、いくらならいい」

「千両、と言いたいところだが五百で手を打とうじゃないか」

「ご、五百両」

蝶足の新助がゆらりと動いて離れ屋の廊下と寝間を分かつ障子を引き開けた。

「だれだ、てめえは」

「直参旗本の名が泣くぜ。妹は寝間で小便たれて兄はその場に乗り込んで、大金を強請る、なかなかの手際だね」

絹布団の上にお耀が緋縮緬《ひぢりめん》の長襦袢をだらしなく着て横座りに身構え、小便に濡れしょぼたれた布団の端に種村草琴が文箱を小脇に抱えて老醜をさらしていた。蓋のない文箱の中に切餅で三つ、そして剝《む》き出しの小判が何枚か入っているのが見えた。

早乙女源一郎がじろりと新助を見た。

「てめえ、種村草琴に頼まれたか」

「いや、別口だ」

「別口」

「縞金の隠居に成り代わり、無念を晴らそうというお兄いさんだ」

「てめえ、命が惜しくないか」

早乙女源一郎が腰の自慢の朱塗金蛭巻大小拵えの大刀を抜き、離れ屋の天井や梁《はり》を気にして突きの構えを見せた。

新助が懐から使い込んだ剃刀を抜き出しながら、

「早乙女源一郎、てめえの相手はこのお方だ」

と体をずらした。障子の陰から夏目影二郎が、
そろり
と姿を見せた。

あっ
と悲鳴を上げたのはお耀だ。

「てめえはあさり河岸の鬼」

「お耀、そりゃ真実《まこと》か」

「兄上、湯島切通しの三叉で阿片を奪いやがったのもこいつだよ」

早乙女源一郎の刀の切っ先が影二郎の胸に向けられた。

その隙を突いて種村草琴が文箱を小脇に抱えて逃げ出そうとした。

お耀が髷に差した両刃簪を抜くと種村に躍りかかり、

「金蔓、逃がしてたまるか」

と叫ぶと簪の切っ先で腰を突き刺した。

ぐえぇっ

と叫んだ種村が床に突っ伏した。その上にのし掛かったお耀が両刃簪を背に突き刺そうとした。

「お耀！　止めねえか」

蝶足の新助が二人の男女が組んずほぐれつ絡み合うところに飛び込むと、お耀の脇腹を蹴り上げた。お耀の手から両刃簪が飛び、

ごろり

とお耀が種村草琴の体の上から転がった。

文箱をその場に落とした種村が這いずって寝間から逃れようとした。そいつにあられもなく裾を乱したお耀が馬乗りになって逃がすまいとした。

新助は素手の戦いを冷たい視線で見下ろしながら、

「影二郎さん、そいつを叩き斬ることはないよ。一刻も意識を失わせてくれれば仕事がし易《やす》い」

と言ってのけた。

その新助の言葉に罵《ののし》り声を上げた早乙女源一郎は目前の相手の影二郎に集中した。

影二郎は自ら寝間に入り込むと木刀を正眼より切っ先を下ろして構えた。

二人の剣客は胸高の突きの構えの真剣と、腹前に水平に倒した木刀で対峙していた。

早乙女源一郎は異母妹がそれまで寝間で一緒にむつみ合っていた老人と絡み合って戦う姿などその場にないかのように影二郎との闘争に集中していた。

「東軍無敵流、なかなかと見た」

「抜かせ」

と叫び返した源一郎が小便の臭いに噎《む》せた床を蹴ると影二郎に突進してきた。

切っ先が影二郎の喉元に迫った。

その瞬間、木刀の切っ先が跳ね上がって伸びてきた自慢の一剣の峰先を叩いて横に流すと木刀の切っ先が変転して源一郎の鳩尾をしたたかに突き上げた。

くえっ
という奇声を発した源一郎が妹の洩らした小便まみれの布団に崩れ落ちた。

一瞬の早業だった。

「やりやがったな」

とお耀が種村草琴の傍らから立ち上がり、素手で影二郎に摑みかかろうというのを木刀でこちらも鳩尾を突いて異母兄の傍らに転がした。

ふうっ

と蝶足の新助が溜息を吐《つ》き、

「この後の始末はわっしに任せなせえ」

と剃刀を手にお耀の髷の元結いを、
ぷつり
と切った。

「種村草琴先生、おまえさんになんぞしようという気持ちはさらさらねえ、おまえさんが引っ掛かった悪《わる》の異母兄と妹がどうなるか、その場でとっくりと見ていなせえ。おまえさんの気持ちもいくらか落ち着こうというもんじゃないか」

と新助が言い、がくがくと草琴が頷いた。

影二郎は離れ屋の縁側の雨戸を開いて庭に飛び降りた。すると入れ替わりに男が影二郎にぺこりと頭を下げると、部屋に入っていった。縞金の隠居の倅と思われた。

影二郎は草琴庵の門の下で新助が、

「仕事」

を終えるのを待った。

事はおよそ半刻《はんとき》かかった。

最前、影二郎と交代で離れ屋に入った男が姿を見せて、またぺこりと頭を下げて姿を消した。

影二郎が離れ屋に戻ると真っ裸の男女が小便臭い布団に並んで意識を失い、寝ころんでいた。

草琴は俳諧師とも思えぬ、呆《ほう》けた笑いで裸の男女を見ていた。

早乙女源一郎とお耀の異母兄妹の髷はぷっつりと切り落とされ、眉毛も剃り落とされていた。

「おやおや」

と影二郎が笑ったのは、二人の下の秘毛まで丁寧に剃られていたことだ。

「これじゃ、当分外にも出られめえ。縞金の家族は得心したか」

「仇を討てましたと言ってましたがね、ほんとうはこんな悪性《あくしょう》な女に引っ掛からないことだ」

新助の言葉をどう聞いたか、種村草琴が、
くっくっく
と笑い出し、文箱から落ちていた切餅二つを掴むと新助の手に押し付けた。

「草琴先生、おれっちの口をこいつで塞ごうという算段か。おまえさんの気が済むならば、有難く頂戴しようか」

と懐にねじ込むと、

「影二郎さん、こいつらの始末だ。おれがお耀を引っ担ぐ、源一郎の方は頼んだぜ」

と裸のお耀に緋縮緬の長襦袢を着せかけ、帯を結ぶでもなく肩に担ぎ上げた。影二郎も源一郎の剝《は》ぎ取られた単衣《ひとえ》を体に巻き付けて担ぎ上げた。

「草琴先生、これに懲りたら素人女には手を出さないこった。おまえさんにも門弟数千人の体面があろうじゃないか、遊びたきゃあ、吉原に行きなせえ」

と最後っ屁《ぺ》のような説教まで言い残した新助が草琴庵の離れ屋から出ていき、影二郎も続いた。


一刻《いっとき》後、二人は吉原大門前の五十間道の裏手にある吉野湯《よしのゆ》の一番湯に身を浸していた。刻限が刻限、湯船には二人しかいなかった。

徹夜の疲れをさっぱりと洗い流した二人が行った先は、吉野湯の二軒隣、路地裏で吉原帰りの客を相手に豆腐料理を食べさせ、酒を飲ませるざっかけない酒屋だ。遣手上がりの婆と爺の二人で切り盛りしていた。

新助と影二郎が会うときは、大体この店で、客からは、

「おつね婆の店」

として知られていた。

幅の狭い急なはしご段を上がると長細い板の間があって、その一角は浅草田圃の景色を見渡せた。

朝の間のことだ、葦《あし》のすだれも巻き上げられて浅草田圃の向こうに浅草寺奥山《せんそうじおくやま》が見えて、五重塔が青空に突き刺さるように聳《そび》えていた。

湯豆腐に酒を注文すると直ぐに爺が温《ぬる》めに燗をした酒を運んできた。

「遊びかい」

吉原で二階回しと呼ばれ、雑用ならなんでも勤める便利屋の男衆《おとこし》だったとか、目をしょぼしょぼさせた爺が新助に聞いた。

「遊びといえば遊びか」

「ふーん、局見世女郎を一晩借り切る銭もねえか」

「そんなとこだ」

爺がはしご段を降りかけて、にゅっ、としょぼくれた面を上げた。

「うちは借りはきかないよ」

「何年通っていると思っているんだ」

新助が小粒《こつぶ》（一分）を板の間に滑らせた。

「釣りがあればとっときな」

「おや、珍しいこともあるもんだ」

爺は一分金を摑むとにたりとした笑みを残して姿を消した。影二郎を振り向きながら、

「影二郎さん、余計なことだが此度《こたび》のような荒稼ぎは滅多にあるもんじゃない。小見世の遊女ならなんとか身請けできようじゃないか」

と蝶足の新助が言った。

「どうしたものか」

「とはどういうことだえ」

「おれと萌が所帯を持つ景色が見えねえ」

「若いからね。その気持ち、分からないじゃねえ」

「萌が遊女の身に落ちたから並みの暮らしができねえと言っているんじゃねえ。おれと萌が夫婦になる景色が見えないのだ」

と影二郎は呟いた。

「影二郎さん、こんな稼ぎは滅多にあるもんじゃねえ」

と同じことを重ねた新助が燗徳利を手にすると影二郎が猪口《ちょこ》を摑んだ。この二人、身分も歳の差も感じたこともなく下谷同朋町界隈に生まれ育ったというだけで気が合った。

「ちがいねえ」

湯あがりの酒をきゅっと喉に落とした新助が、

「美味いね」

と洩らした。影二郎も温めの酒を口に含んで、強張《こわば》った体に養分が行き渡るのを感じた。

「生き返るな」

「切餅三つ七十五両、賭場に行きゃあ一晩で失《う》せもしよう。だが、萌さんを身請けできない金ではねえぜ」

「分かっておる」

「だが、所帯を持つには早いか」

話が元に戻っていた。

「お待ちどお様」

と爺が七輪《しちりん》を運んできて、婆が土鍋を板の間に置いた。

婆の店の名物、鱈《たら》と木綿豆腐が鍋の中でぐつぐつと煮えていた。七輪の上にかけた土鍋に木匙《さじ》を突っ込んだ新助が器に取り分けて、影二郎に差し出した。

蝶足の新助、独り身ながらえらく甲斐甲斐しい。

影二郎は白葱と七味唐辛子をたっぷり振りかけてまず豆腐を食した。

「この季節だが、鍋は徹夜明けには堪《こた》えられねえ」

新助もあつあつの湯豆腐を啜り込んで、

「ふしだらな暮らしも悪くねえ」

「女房を持つとそうもいくめえ」

「いかにもさようだ」

と二人して笑い合った。

影二郎と新助、おつね婆の店で四合ばかりの酒を分け合い、鱈の入った湯豆腐を食して、客がいないことを幸いに一刻半《いっときはん》（三時間）ばかりごろ寝した。

影二郎は葦のすだれ越しに婆の店に差し込む光で目を覚ました。その時、蝶足の新助の姿はなかった。

はしご段を降りると婆の店はすでに店仕舞いしていた。爺と婆が一階の土間で遅い朝餉を食していた。

「そなたらの寝床を奪ったか、すまない」

と詫びた影二郎は一分を卓の端に置いた。

「宿代だ」

「若様、無理することはないよ」

と影二郎の出自を知るおつね婆が言った。

「また世話になる」

と婆の店を出た影二郎は浅草田圃には向かわず五十間道に出て、大門へと足を向けた。

第二話　浅草田圃の戦い

一

揚屋町の小見世春涯楼に萌を訪ねると朝湯に入っているという。

影二郎を遣手が二階へと案内しながら、

「近頃、萌は売れっ子でねえ、旦那に部屋を貰ったんですよ。それもこれも口明けしてくれたあさり河岸の鬼のご利益だ」

と余計なことを言った。

部屋は六畳間だが一畳ばかりの板の間が付いていた。

昼見世を前に夜具が片付けられていたが、影二郎は、腰から刀を抜くと表替えしたばかりの畳の上にごろりと大の字に寝た。

煙草盆を運んできた遣手のおまつが、

「影《えい》さん、ちょっと小耳に入れておきたいことがあるんだがね」

と声を潜《ひそ》めた。

影二郎が顔だけを遣手に向けた。

「聖天町の親分の命で子分どもが萌の馴染みを虱潰《しらみつぶ》しにあたり、おまえさんの名に辿りついたらしいよ」

蝶足の新助に忠告を受けていたから初耳ではない。

「仏七はどうしておる」

「だれぞに顔を裂かれたとかで、未《ま》だ寝込んでいるそうだ。あいつは鑑札を貰った町奉行所の定廻り同心にすら、だれにやられたか、知らぬ存ぜぬで通しているらしいよ」

「感心と褒めておこうか」

「影さん、あいつをちぃと甘く見てないかい。あいつは蝮《まむし》のようにしつこいよ。きっと自分の手で影さんに仇を討つつもりなんだよ」

「覚えがないな」

「だっておまえさんがやったんだろう」

影二郎は懐から一枚の小判を差し出し、

「おまつ、聖天一家の動きを見張っていよ」

「合点承知だ」

遣手がいそいそ小判を摑みとろうとしたとき、影二郎の手がぐいっと伸びて、

「いいか、おまつ、聖天の仏七とおれを両天秤にかける真似だけはやるではない。そなたの皺《しわ》の寄った首が胴から離れることになる」

「わ、分かったよ、影さん」

と怯《おび》えた声で応じた。影二郎は摑んでいた小判を放すと、

「このおまつがそんなに信用できないかね」

「遣手なんぞは金のあるほうにつくものよ」

と影二郎が言い放った。

おまつの姿が消え、湯上がりの萌が部屋に入ってきて、

「あら、お出《い》でになっておられましたか」

と武家言葉で応じると障子を開いて手拭いを外に乾《ほ》した。

「この刻限なら半刻《はんとき》もしないで乾くの」

と言うと萌が影二郎の傍らに座り、

「お昼は食べられました」

と尋ねた。

「徹夜仕事でな、最前遅い朝餉を食して仮眠をとった。五十間道の裏路地の湯豆腐屋でな」

「五十間道とは大門外の道ですね。徹夜仕事とは、まさか吉原で遊んでおられましたか」

「萌、おれとて吉原の仕来たりは知っておる。この世界では裏を返して馴染みと呼ばれる。三会目で箸一膳のぬしになり、って川柳もあろう。惚れ合った遊女と客は、一時夫婦を気取るのがこの吉原だ。だれが浮気をするものか」

「ほんとのことにありんすか」

「萌、ありんす言葉を覚えたか」

「影二郎様はお嫌いでしたね、ついうっかりと」

「萌、手を出しな」

影二郎が懐から手拭いに包んだ物を渡した。

「これは」

「預かっておいてくれ。時がきたらおまえの落籍の金子にする」

「確かめてようございますか」

影二郎が頷き、萌が畳の上に手拭い包みを置いて、そっと開いた。二十五両が包まれた切餅が二つ姿を見せた。

「影二郎様、大金にございます。このご時世、この金子を稼ぐのに何年も、いえ、十数年の歳月が要《い》りましょう」

「いかにも汗水流して稼ごうと思えば十数年かかろう。だが、この江戸という町はな、奇妙なところだ。一夜にして稼ぐ法もある」

「まさか」

「悪いことをしたかと聞くか。さて良いことかと聞かれれば返答にも困る。だが、悪いこととも言い切れぬ。まあ、仕舞っておけ」

萌が自分の私物を包んだ風呂敷包みに手拭いに包み戻した五十両を隠した。そして、

「影二郎様、しばらくの間板の間に」

と願った萌が夜具を敷き延べた。

影二郎は萌が敷いた夜具の上にごろりと横になった。

「影二郎様」

と湯上がりの顔に薄く化粧をする萌が名を呼んだ。

「萌は身売りを決心したときに吉原はこの世の地獄、苦界《くがい》と覚悟して参りました」

「そなたにとって苦界ではなかったか」

「いえ、意に染まぬ客と肌を合わせることもございます。贅沢《ぜいたく》を申せば大半のお客が萌にとって苦痛の極みにございます。それはそなた様と初会に会うたがための罪、地獄にございます」

影二郎は答えるすべを知らない。

「どれほど影二郎様一人を相手にこの稼業が続けられればよいかと考えます。おそらくこのような考えを妓楼の主どのに洩らせば、厳しい折檻《せっかん》を受けるのは必定にございましょう。この吉原は遊女の本気の涙と嘘の笑いで持つ世界と姉様女郎に教わりました。影二郎様だけのお世話を申して、遊女が務まるわけでもなし」

「萌、そなたが風呂敷包みに隠した五十両を使えば、大門の外に出られよう。おれと所帯を持つことが望みか」

影二郎が化粧をする萌に問うた。

しばし萌は答えを返さなかった。

「遊里の外に出たあと、小料理屋でも始めるか、おれがその仕度をしよう」

影二郎が見ていると萌の細い項が横に振られた。

「父上の病の治療のためにこの世界に身を落とす覚悟を決めた萌にございます。いくらなんでも一年もせぬうちに落籍話など夢のまた夢。それに小料理屋の女将《おかみ》など女郎あがりには務まりますまい」

「そのようなことを気にするな。ともあれ、そなたの夢を手の中の五十金がもたらすと申しておる」

「いえ、それはなりませぬ。吉原を苦界と思うて身を落とした萌にございます。その務めを果たした上で影二郎様のお傍《そば》に行きとうございます」

萌は影二郎の気持ちを察してそのようなことを言い出したのか。

「他人様《ひとさま》の肌に汚された萌を抱いてくれますか」

影二郎の体がごろりと化粧する萌のほうへと転がり、両腕が萌の腰に絡まり、抱きかかえると床へと戻った。

「あれ、乱暴な」

「そなたを苛《いじ》めとうなった」

「なぜ萌を苛めなさる」

「おれはな、昔から好きな女子に悪口を言い、悪さをする嫌な子供であったわ。ほんとうは好きなくせに正直な気持ちを言い出せぬのだ」

「苛めてくださりませ」

萌と影二郎、互いに腕を絡め合うと、二つの体を一つに合わせた。

昼下がり、束の間の逢瀬《おうせ》、一瞬の耽溺であった。

夕暮れ時に影二郎は大門を出た。

吉原ではこれから本式な商《あきな》いが始まる。

客を呼ぶ三味線の爪弾き、清掻《すががき》が気《け》だるく影二郎の背に流れていた。

五十間道の引手茶屋の軒に深編笠がぶら下がり、面体《めんてい》を隠したい武士などを客にして、その深編笠を売っていた。

「こいつをもらおう」

「旦那、これからお遊びですかえ」

と男衆が聞いてきた。

「帰りだ」

「帰りに深編笠とはこれいかに」

言いなりに銭を払った影二郎は五十間道から浅草田圃へと抜ける路地に入り、笠を被《かぶ》った。

影二郎は先日、聖天の仏七を襲った道祖神の辻を抜けると丹波《たんば》柏原《かいばら》藩二万石の織田《おだ》家の下屋敷の傍らを通り、浅草聖天町に入っていった。

その時分にはすっかりと夏の日も暮れて濃い闇が漂っていた。

聖天町は浅草寺寺領だ。

そのどまんなかの角地に御用聞きと香具師の元締めの二足の草鞋を履く仏七が一家を構

えていた。

なかなかの威勢だがどことなく暗い影が覆っていた。親分の仏七が瀕死の怪我を負い、治療を続けているせいだ。

その前を影二郎は通り過ぎようとした。すると三下奴《さんしたやっこ》が表に飛び出してきて、その背に兄貴分が叫ぶ声がした。

「達吉《たつきち》、急げ。痛み止めが切れてよ、親分が最前から苦しんでなさるんだ。藪医者の香庵《こうあん》にちったあ痛みが取れる薬を調合しろと脅して、なんでもいいからかっぱらってこい」

「あいよ、兄い」

と草履をばたばたさせて達吉が山之宿《やまのしゅく》町の方へ走っていく素振りを見せた。だが、一丁（約一〇八メートル）もいかないうちに足取りが緩められ、

「ちえっ、いくらなんでも三日分の痛み止めをよ、一日で飲む親分もどうかしているぜ」

と独りぼやく声が聞こえた。

影二郎は達吉のあとを難なく尾行して外科が専門の三郎寺香庵の診療所に辿り着いた。玄関先の暗がりで煎じ薬を煮立てる匂いがしていた。見習い医師が香庵に命じられたものか。門を潜った達吉が、声を掛けた。

「見習いさんよ、親分の痛み止めが切れたとよ。手っとり早く調合してくんな」

「達吉さん、痛み止めは昨日出たばかりだぞ」

「昨日は昨日、今日は今日だ。うちの親分、痛みが消えないと三日分を一日で飲んでしまったらしいや」

「いくらなんでも痛み止めを一時《いっとき》に飲んでも痛みは消えぬぞ。それより怪我に障《さわ》りはせぬか」

「やかましいや、ともかく薬を貰ってかえらなきゃあ兄いにぶっ飛ばされんのはこちとらだ。なんとかしてくんな」

「困ったな」

と言いながらも七輪の上から土瓶を下ろした見習い医師は奥へと消えた。

長いこと待たされた達吉はそれでも一日分の痛み止めを貰うことができた。薬を玄関先まで持参したのは香庵医師自らだ。

「いいか、仏七親分に願ってくださいよ。ここは辛抱のしどころ、痛み止めをかように使うと怪我が治っても別の障害が残るとな」

「別の障害ってなんだ、先生よ」

「うちの痛み止めは南蛮渡来の阿片が調合してあるんですよ。それだけに親分のような大変な怪我の痛みも取れる。だがな、三日分を一日で使うようなことをしておると体が阿片に蝕《むしば》まれて、怪我が治った後も中毒症状が残り、阿片がなくては生きてはいけぬ体になるぞ」

「親分は御用聞きも香具師もできないか」

「頭がやられるでな、まず無理だな」

「親分がよいよいじゃあ、一家の稼ぎはできないぜ」

「だから、代貸しさんにな、もうしばらくの辛抱と親分を説得してもらいなされ。親分が阿片中毒では十手持ちもあるまい」

「できめえな」

と納得した達吉が、

「先生よ、親分のあの顔の傷、ほんとうに治るのかえ。おれっちが駆け付けたときは、親分の顔かどうか分からないほどぐちゃぐちゃに潰れていたぜ」

ふうっ

と香庵が息を吐いた。

「よくまあ、助かったものよ、わしの腕がいいなどとは言わぬ。親分をこんな目に遭わせた野郎《やっ》をひっ捕まえて白洲《しらす》に引き出す、という執念が生かせておるのであろうな。怪我は治る、だが、達吉さん、半年や一年は覚悟してもらわぬとな。阿片で痛みをごまかして完治するほど簡単ではないぞ」

「わ、分かった」

とごくりと唾を飲み込んだ達吉が痛み止めを大事に懐に突っ込んで三郎寺香庵医師の家から姿を消した。

影二郎は再び達吉を追って聖天の仏七の家へと戻っていった。


五つ半（午後九時）を回った刻限、仏七一家の裏木戸が開き、三つの人影が出てきた。ちらりと家を振りかえった三人は山之宿町から蔵前《くらまえ》通に出て花川戸《はなかわど》の裏路地にある煮売酒屋に入っていった。

影二郎は裏口に回った。

この界隈は縄張り内だ。

深編笠を脱いだ影二郎に、

「おや、影さん、どうしたえ」

と煮売酒屋の主の若ハゲの松六《まつろく》ことハゲ松《まつ》が聞いた。

昔からの遊び仲間だ。歳は影二郎より五つ六つ上の筈《はず》だが、弟分のように影二郎に従って一緒に悪さをして回った覚えがあった。だが、二年前、親父が中気《ちゅうき》を患《わずら》って働けなくなって以来、悪仲間と手を切って親父の店を継ぐ決心をした。

その折り、仲間の中には豊造《とよぞう》のように、

「ハゲ松、てめえだけいい子になろうって算段か。そうはいかねえ、おれたちの仲間を抜けるというのなら、きっちりと挨拶して抜けねえ」

と言いだす者もいた。

「兄い、挨拶たあ、なんだ」

「決まっているじゃねえか。この世の中は銭金がすべてだぜ、挨拶料十両も都合しねえ」

「おれんちは馬方、船頭相手の煮売酒屋だぜ。十両なんてどこにある」

「ならば指の一本も詰めて詫び代の代わりにしねえ」

「豊造兄い、そりゃ酷だ」

と嘆くハゲ松をねっとりと豊造が苛めにかかった。

「豊造兄い、そのへんでよしにしねえ」

と口を出したのは影二郎だった。

「影さんが甘やかすからハゲ松みてえな野郎ができるんだぜ。ここは他の仲間への見せしめのためにもきっちりとかたをつけてえ」

「来る者は拒まず、去る者は追わずがおれたちの仲間の決まりじゃなかったか。それがいつから奇妙な縛りができたんだ、豊造兄い」

と影二郎が豊造を睨んだ。

若いが影二郎の腕と度胸に敵《かな》う豊造ではない。

影二郎より十歳は年上の豊造が舌打ちしてその場を去ろうとした。

「豊造兄い、ハゲ松に手出しをしてみねえ。おれが出るぜ」

とその場を収めてハゲ松を堅気にさせたことがあった。

「聖天の親分の手先が店に入った。おれを奴らの隣に入れてくれねえか」

「面は合わせたくねえんだな」

「話が聞ければそれでいい」

「あいつらを板の間の端に座らせよう。壁のこっちはうちの居間だ、話なんぞは筒抜けだ」

「頼む」

「今お膳立てするからよ、ちょいと待ってくんな」

というハゲ松の手に一分金を握らせた。

「影さん、いつもすまねえ」

いいぜ、とハゲ松が影二郎を居間と称する三畳の小部屋に案内した。するといきなり、
達吉の声が響いてきた。

「香庵先生がよ、親分の怪我は半年や一年は治らねえと言ったぜ。よしんば治ったとしても痛み止めを今みてえにのべつ幕なしに飲んでいると頭がいかれるとよ」

「聖天の仏七親分も一巻の終わりかねえ」

「いや、こんどの一件、親分はなにがなんでも自分の手であんな目に遭わした野郎に仇を討つつもりでいなさる。あの執念は尋常じゃねえ」

「兄い、やった相手ってだれだ」

しばし沈黙があった。

「まず萌がらみであさり河岸の鬼のやったことだな」

「夏目影二郎か」

「そうだ。親分は自分の手で影二郎に仇を討つ気だ、白洲に引き出すなんぞは考えてねえ」

「ならば半年や一年かかるぜ」

「いや、怪我が治っても直ぐには体が動くめえ。親分が死ぬ目に遭いながらやった相手を見なかった、いきなりやられたと言ってなさるのはその証しだ」

「そうかねえ」

「あの傷を見たか。二本爪の鉤縄が斬り裂いた傷だと思わねえか」

「夏目影二郎も親分が遣いなさる鉤縄を遣うのか」

「馬鹿野郎、相手は剣術遣いだ。飛んできた鉤縄を親分の顔に叩き返したのよ。あのぐちゃぐちゃの傷は二本爪が引き千切った痕《あと》だ」

ふうっ

とだれかが大きな息を吐いた。

「親分は当分厠《かわや》にも自分でいけねえ暮らしを我慢して、仇を討つつもりか」

「聖天の仏七ってのはそんな恐ろしい人よ」

と兄貴分が言い切った。

影二郎は、仏七が自らの手で復讐を考えている以上、

(当分安泰だぜ)

と胸を撫《な》で下ろした。

二

影二郎が浅草広小路の南側にある料理茶屋嵐山に戻ったのは、四つ半（午後十一時）の刻限だった。裏木戸を叩くと住込みの男衆が出てきて、木戸を開けてくれる。そんな習わしができていたが、この夜に限って祖父の添太郎が木戸を開けた。

「いささか気にかかることがあって、そなたの帰りを待っておった」

「爺様、どうした」

添太郎といくには一人娘のみつがいた。

このみつが常磐秀信とわりない仲になり、下谷同朋町に家を構えてそこで生まれたのが瑛二郎だ。秀信は瑛二郎を武士の子として育てることにした。だが、婿入り先の常磐家を気にかけて実家の夏目姓を名乗らせた。

常磐家からみれば瑛二郎は婿の秀信が外で生ませた妾腹ということになる。瑛二郎はそのようなことを気にかけることもなくすくすくと育った。

時折り、訪ねてくる秀信を、

「父上」

と呼び、料理茶屋を営む祖父祖母の添太郎といくに見守られながら幸せな暮らしが瑛二郎十四の秋まで続いた。

だが、実母のみつが流行病で亡くなり、瑛二郎が常磐家に引き取られることになってその暮らしは一変した。常磐家には異母兄異母妹がいたし、瑛二郎と継母との仲もうまくいかなかった。

瑛二郎は、即刻常磐家を飛び出すと浅草西仲町の祖父母のもとに戻り、女、酒、博奕とひととおりの悪さを覚え、勝手気儘《きまま》な暮らしを始めた。

その折りだ、本名の瑛二郎を自らの意思で影二郎に変えたのは。

以来、影二郎は、あさり河岸の鏡新明智流桃井道場に通いながら、浅草界隈でちょっとした悪の兄貴分になっていた。

腕っぷしが強く気風《きっぷ》がよくて遊ぶ金には困らなかった。不憫《ふびん》な孫を溺愛する祖父母から貰う小遣いがあったからだ。

「あさり河岸の鬼」

とか、

「嵐山の影さん」

とか呼ばれて一端《いっぱし》の顔であった。

居間に対面した添太郎が、

「本日、殿様が訪ねて参られた」

と言った。

殿様とは実父の常磐秀信のことだ。

「父上がなんの用事です」

「そなたの暮らしを案じてのことだ」

「余計なお世話にございます」

「瑛二郎、そのようなことを言うでないぞ。殿様はあれでもそなたの行く末を心配しておられるのだ」

影二郎が常磐の家に我慢できなかったのは異母兄紳之助との確執であり継母鈴女との折り合いの悪さにあった。

だが、一番、見たくなかったものがあった。下谷同朋町ではあれほど堂々としていた秀信だが常磐家の中では影が薄く、瑛二郎を気にしてか鈴女に気遣いをみせて卑屈な態度を示していることだった。

秀信が外におみつという女を囲ったのも気が強いばかりの鈴女に対する反抗心の表われであったかもしれない。その存在が鈴女に知られたとき、秀信の常磐家での存在は一段と希薄なものになっていた。

影二郎はそんな父親を見るのが嫌さに常磐家を出たともいえた。

「殿様はそなたが嫁でも貰えば身持ちがよくなるのではと申されておった。心当たりがないこともない口調であったがのう」

「要らざることです」

「瑛二郎、その気はないか」

「ございません」

「そなた、どこぞに好きな女子があるか」

添太郎が影二郎の顔色を見るように言った。

「おりませぬ。どうしてそのようなことを申されます」

萌の存在は当分影二郎の胸の中に秘匿しておくことだった。

「いや、年寄りの勘じゃあ」

添太郎はそう言い訳したが、影二郎は秀信がなんぞ耳打ちしてのことではないかと思った。

とすると萌の存在に父が気付いたか。いや、鈴女をあれほど気にする秀信が吉原の小見世の遊女にまで気が回る筈もないが、と考え直した。

「爺様、そのようなことを問い質《ただ》すために起きておいででしたか」

ううむ
と添太郎が唸り、

「今一つある」

「なんでございますな」

「本日、南町の定中役《じょうちゅうやく》同心畑中平蔵《はたなかへいぞう》様と申される方が店に見えた」

「定中役同心ですか」

この職掌《しょくしょう》、奉行所の遊軍で忙しい部署に駆り出されて従事する役目だ。決して定廻り同心のような花形の職ではなかった。それが南北両奉行所に二人ずついた。

だが、畑中平蔵という名に覚えがなかった。

あさり河岸の桃井道場は八丁堀に近いこともあり、町奉行所の与力同心が数多く門弟にいた。だから、影二郎はおよその顔ぶれを承知していた。

「畑中と申す同心、なんと言うのです」

「それがはっきりとしたことは言わん、ただ、そなたがおるかと尋ねただけだ。蛇のような目付きでなんとなく腹に一物ありそうな感じだった」

「ふーむ」

と影二郎が鼻で返事をして、

「それではなんのことやら分かりませぬな」

「影二郎、畑中様が去り際に浅草聖天町の仏七親分が怪我をして寝込んでおるのを承知かと私に聞きおった」

影二郎の背筋にぞくりとした悪寒《おかん》が走った。

定中役同心の畑中はなんぞ仏七の一件で影二郎に疑いを持つようなことに気付いたか。

「爺様、うちの道場には八丁堀の与力同心が大勢稽古にこられる。明日にもなんの御用か聞いてみよう。まあ、気遣うことではなかろう、爺様、もう休みなされ」

と影二郎は添太郎を寝間にやった。

非番月であるはずの南町奉行所の定中役同心が、ここぞと詮索を始めた。

畑中平蔵は仏七と深い関わりがあるのか。

聖天の子分たちは、親分の仏七を、

「だれも信用せず、仇《あだ》を受けた相手には必ずや自らの手で報復する」

と表現した。

その仏七が畑中平蔵に格別に頼んだか。

いや、違うな、と影二郎は思った。

畑中は、仏七とは別の線で仏七に大怪我を負わせた人物を影二郎と疑っているのではないか。

容易ならざる出来事だった。

万事は明日からだ。

覚悟を決めた影二郎は寝間に入ると蚊帳《かや》の裾を上げて中に入り、いくが敷き延べた布団にごろりと寝た。

翌早朝、あさり河岸の鏡新明智流桃井道場に影二郎の姿があって、次々に相手を変えては打ち込み稽古に没頭していた。

最後に相手をしたのは南町臨時廻り同心の花咲吉五郎《はなさききちごろう》だ。吉五郎は影二郎とほぼ年齢が同じで先祖代々の町奉行同心職を引き継いだばかりだった。

剣の腕は影二郎には比べるべくもないが、桃井道場では十指に入ったし、八丁堀では小手斬りの名手として知られていた。

「いや、今朝の影二郎さんは厳しかったな。なんぞございましたか」

と井戸端で胸をはだけて汗を拭う吉五郎が問うた。

「吉五郎さんにいささか聞きたいことがあるのだが、この後、付き合ってはくれませんか」

「非番月の南町同心、金はないが暇は持て余してござる」

と答えた。だが、町奉行所与力同心は、非番月とて多用を極めていた。

なにしろ百万都市の江戸の治安と経済を南北各二十五騎同心百二十五人で見廻るのだ。真面目であればあるほど御用のきりはなかった。

花咲吉五郎もまた不浄役人と蔑《さげす》まれることもある町方同心職に誇りを抱いて熱心に御用を務める同心だった。

影二郎は吉五郎を白魚《しらうお》橋近く炭《すみ》町裏の小料理屋に連れていった。

「影二郎さん、さすがに料理茶屋の跡継ぎだね、粋な隠れ家を知っていなさるぜ」

「吉五郎さん方は蛇《じゃ》の道はなんとか、こんなところかと思ってないかえ」

「知らないわけではないが、三十俵二人扶持《ぶち》の同心の身では隠れ家のような料理茶屋は入れませんよ」

「亡くなったお袋の幼馴染みがやっている店だ。おれにとって小うるさい叔母のような存在だ」

と玄関口で言い合うところに女将のお菊《きく》が姿を見せた。細身ということもあって実際の年齢よりも見た目はずっと若い。

「だれが小うるさい叔母ですって」

「お菊さん、聞いておったか」

「玄関先であんな大声だしちゃあ、帳場まで筒抜けですよ」

「ちょいと内所《ないしょ》の話に座敷を使わして欲しいのだ」

「そりゃいいけど、どこぞの娘をどうしようこうしようなんて悪さの相談事ではないでしょうね」

「お菊さん、相手は南町の臨時廻りだぜ。町方役人と娘をなんとかしようなんて相談事をするものか」

「えっ、こちらは南町の同心の旦那」

吉五郎は非番月で、町方同心特有の御成先《おなりさき》ご免の着流しに巻羽織《まきばおり》も着ず、十手を持参していない姿だった。

「花咲吉五郎と申して親父から同心職を引き継いだばかりの新米よ」

「花咲茂平《もへい》様の倅どのなの、驚いたわ。そういえば四角張った面立ちがよく似ておられますよ」

「ちえっ、親父から引き継いだのは十手ばかりかこの野暮な顔立ちもか。女将、どこぞの小町娘をどうしようなんて話は、金輪際《こんりんざい》影二郎さんとの間に出ないよ」

「話が終わったら黙って帰らないで。お菊が花咲の旦那の就任祝いをしてあげるわ、楽しみにしていらっしゃい」

とお菊は二人を坪庭に面した小座敷に上げて、茶を供しただけで出ていった。

「吉《きっ》つぁん、ちょっと厄介事を抱えている」

と影二郎が単刀直入にいった。

「お縄になりそうなことかえ、影さん」

影二郎が顎を縦に振り、

「迷惑なればこのまま辞去されてもいい。それが町方同心としては利口な道だ」

ふうーん、と吉五郎が鼻先で返事をして、

「ここまで気を持たせてその言葉はないぜ。聞いて迷惑なれば胸に仕舞い込むくらいの肚《はら》はある」

と吉五郎が言い切った。むろん影二郎も吉五郎の気性を飲み込んでの相談事だ。

「正直に話さないか」

「よかろう。花咲吉五郎の手でお縄にかかるなれば、それはそれで仕方あるまい。夏目影二郎もそれだけの運の持ち主と諦める」

影二郎は萌の名をあげることなくすべてを話した。話を聞き終わった吉五郎が険しい顔で沈思した。

「どえらい話だぜ。いくらあさり河岸の鬼とは申せ、十手持ちを死ぬほどの目に遭わせたとなりゃあ、遠島間違いなしだぜ」

「であろうな」

「影さん、他人事《ひとごと》だな」

「吉つぁん、肚の決めどころだ。姿を消すならば今だぜ」

吉つぁん、影さんと、ひと通りの悪さを繰り返していた時代、呼び合う名だった。吉五郎にとってむろん親父から十手を譲り受ける前のことだ。

「影さん、女将がおれの祝いをしてくれると言ったな。貧乏同心には聞き逃せない話さ。おまえさんが浅草田圃で待ち受けていた当人と気付いた仏七だが寝込んでいるとなりゃあ、あと半年や一年様子を見る余裕があるな。仏七は自分の手で影二郎さんをお縄にしたいんだろ」

「そんな気性の御用聞きらしいな」

「影二郎さんにとって救いは聖天の仏七が奉行所内部でも評判がよろしくない十手持ちということよ。あさり河岸の鬼が仏七を叩きのめしたと知ったら、半分くらいの同心が喜ぶぜ。なにしろ野郎は南町の与力方には目配りして、あれこれと銭を付け届けしてやがる。なにしろ香具師の元締めだ、金には不自由してねえ。だが、われら同心には、洟もひっかけねえ、そんな野郎よ。瓦版屋が嗅ぎつけて読売にしたとなると、影二郎さんに拍手喝采だろうが、奉行所も動かざるをえまい。そうなると影二郎さん、世間は影二郎さんの実家の嵐山だって、商い停止《ちょうじ》、いやさ、お取り潰しになるかもしれないぜ」

「そいつを案じておる」

と答えた影二郎は、

「吉つぁん、定中役同心の畑中平蔵って人はどんなお方だ」

吉五郎の両眼が見開かれ、影二郎を凝視した。

「まだ隠しごとがあるのかい」

「こっちが本筋だ」

と嵐山に畑中平蔵が訪ねてきた経緯を語った。

「驚いたな。聖天の仏七と畑中平蔵、南の関わりの中でも一番嫌われているげじげじ野郎だぜ。そいつら二人を敵に回したか、影二郎さん」

「敵に回したのかね」

「呑気《のんき》なこったぜ。だが、この二人に付き合いがあるとは思えねえ。なぜなら、畑中の旦那は南町の中でも影が薄い同心でな、力もない。となりゃあ、仏七が畑中と付き合う筈もない。仏七は力のある年番方与力や内与力にしか目がいかない。最前もいったがわれら同心風情など、御用聞きのくせして歯牙にもかけてねえからね」

「ともあれだ、畑中は聖天の仏七が大怪我を負わされた経緯を承知のようだ」

「そこだ、ちょいと時間をくれないか」

「おれの悪さを承知で片棒を担ごうというのか」

「見習い同心時代、畑中のいびりにどれほど遭ったか」

「畑中は見習い同心の教育掛《がかり》を務めていたか」

「南町でも暇なのは畑中平蔵だ。定中役同心を三十年以上も務めているので役所の裏表はとくと承知だ。見習い同心をいびる手なんぞいくらも持ち合わせてやがる」

と吉五郎が吐き捨てた。

「影二郎さんは知るめえ。石部房太郎《いしべふさたろう》って十八の見習い人足寄場廻り同心がいたことをだ。おれとは気が合う仲間でな、畑中の悪口を陰でさんざん言い合った仲さ。この石部が畑中の目の前でうっかりと、『南の冷や飯食いが』と言っちまったことがあってな、そんときは聞かないふりをしていたが、そのあと、すさまじい苛めが始まった。おれたちが口を利《き》こうにもどうにもならないくらいの苛めでな、石部房太郎は痩《や》せて、急に顔色が悪くなった。おれは病を理由にしばらく休養しろといったが、そうしたら畑中に負けたことになると、青い顔で見習いが座塾を受ける御用部屋に出てきていたよ、影さん」

どうなった、と影二郎は聞かなかった。

「石部房太郎は拷問蔵の梁《はり》から縄を垂らして首をくくって死んだ。奉行所内の噂によれば畑中平蔵を讒訴《ざんそ》する書置きを残していたらしいが、そいつも闇から闇に葬られたよ」

吉五郎が五臓から苦い記憶を引き出すように言った。

「畑中平蔵は、南町で陰湿陰険なことにおいては一番の同心よ。だれかが野郎を始末したところで悲しむ者はおるまいよ。だがな、影二郎さん、そいつは内々のことだ。奉行所というところ、仲間が殺されたとなりゃあ、一丸となって動く組織だ」

「分かっておる」

と答えながら、花咲吉五郎に想像した以上の厄介をかけたなと、吉五郎を引き込んだことを後悔していた。

「影二郎さん、聖天の仏七と畑中平蔵が組む景色なんぞ思いも浮かばねえ。だが、一人だけでも十分厄介だぜ」

「それでも危ない橋を渡るという気かえ、吉つぁん」

「二人をどう始末つける気だ、影さん」

ふっふっふ
と影二郎が笑い出し、

「吉つぁんの調べを待ってからだ。ともかく畑中平蔵が先だな」

「影さん、畑中の旦那、あさり河岸に稽古にきたことなどあるまい」

「覚えがないな」

「奴は親父から林崎夢想《はやしざきむそう》流の居合を伝授されたらしく、古い同心方には、畑中平蔵の居合はなかなかなものだ、空恐ろしいという者がいるがね、この二十数年、だれも畑中平蔵が居合を遣っているところを見たことがない」

吉五郎はなにを考えているのか影二郎に言い出した。

「おそらく畑中平蔵、密かに居合の術を磨き上げているな」

ふうっ
と吉五郎が溜息を吐いた。

「影さん、石部房太郎が拷問蔵で首をくったとき、一番真っ先に拷問蔵に駆け付けたのは畑中の旦那だ。房太郎が残した書置きを処分するためよ」

「見つけたか」

おそらくな、と吉五郎が答えた。

「そのあとのことだ。奴は拷問蔵の水桶の陰に小者の銀八《ぎんぱち》が腰を抜かしているとも知らず、『糞ったれが！』と吐き捨てた後、腰の剣を抜き打って房太郎が首をくった縄を斬り落としたそうだ。その居合技の凄味といったらなかったと、銀八があとで仲間に話したのを聞いたことがある。奴の居合は錆びついてねえぜ」

「吉つぁんは、おれを嗾《けしか》けているのか」

「石部房太郎の仇な、悪くない話だ」

影二郎は、蝶足の新助から頼まれた影始末で得た最後の二十五両を吉五郎の前に置くと、

「探索料だ」

と言った。

「切餅なんぞ手にしたこともない、探索料にしては多過ぎないか」

「危ない橋の渡り料にしては少な過ぎようぜ」

「おれたち、此度の一件、一蓮托生。死ぬも生きるも一緒だぜ、影さん」

影二郎はぽんぽんと手を叩いてお菊を呼んで、

「話は終わりだ、お菊さん」

と言うと吉五郎の手が動き、切餅を嬉しそうに掴んで懐に入れた。

三

影二郎が浅草西仲町の料理茶屋嵐山に戻ると、陰気な顔付きの同心が門前に待ち受けていた。

「あさり河岸の鬼、夏目影二郎さんだね」

「いかにも夏目だが」

「南町定中役同心畑中平蔵だ」

「昨日も来られたそうな、毎日熱心に嵐山にお訪ねとはまたなんです」

「立ち話ですまそうという気か」

「ならば歩きましょうか」

影二郎はさっと嵐山から広小路に出た。畑中平蔵が従うと分かってのことだ。背に苛立った雪駄《せった》の音がして大きくなった。

影二郎は背にぞくりとした殺気を感じた。

林崎夢想流、腕は錆びついていないどころか、油断のならない相手だった。

影二郎が畑中と向き合ったのは浅草寺の本堂前だ。

「人ごみの中で話そうというか、いい度胸だね、夏目影二郎さん」

「定中役同心どのに問い質《ただ》される覚えがなくてねえ」

「そなたの親父は寄合席《よりあいせき》常磐秀信様だってな」

「調べたのなら承知でしょう。それがし、妾腹でね」

「常磐家をおん出て、爺様婆様のもとで好き放題か」

「人には様々な生き方がございましょう」

「お上の定法に触れないかぎりにおいてはな」

「なんぞ、それがし、お触れに抵触致しましたかな」

「この近くに聖天の仏七って御用聞きがいる。承知かえ」

「浅草界隈の住人なれば仏七親分の二足の草鞋ぶりはとくと承知ですよ。近頃では博奕の胴元を務めているという噂だ」

「不確かな話を持ち出すと厄介が生じるぜ」

「ならば確かな話を聞きましょうか」

「仏七に大怪我を負わせた野郎がいやがる。この界隈で評判が悪かろうとどうしようと、仏七が南町奉行所の鑑札を頂戴して御用を務めていることに変わりはない」

「それで」

「生きるか死ぬかの怪我を負わせた野郎が、夏目影二郎だって話があるんだがね」

「ほう、それはまた迷惑な話だな」

「しらを切るというか」

「しらを切るもなにも知りません。親分はなんと申しておられるので」

畑中が暗い目で影二郎を見た。

「問い質すのはこっちだぜ」

「それは失礼をば致した。なんと問われたのでございましたかな」

「若いがたしかにふてぶてしいぜ、あさり河岸の鬼はよ。おまえさんが仏七をやったのかえ」

「畑中様、ならば聖天町はこの直ぐ先だ。お訪ねになって直《じか》に問われたらどうです」

「その返答を持ってこいというのか」

「怪我を負わされた当人がいるのです、それが確かにございましょう」

「よし、覚えておれ」

と畑中はきいっと影二郎を睨むと聖天町の方へと行く素振りを見せた。

「畑中平蔵様、聖天の親分が鑑札を貰っているのは南町奉行所定廻り同心神崎精右衛門《かんざきせいえもん》様でしたな、桃井道場に時折り稽古に通ってこられます。神崎様の意を受けてのお調べかどうかお尋ね申します」

「定中役方は、役目外と申すか」

「いえ、お尋ねしただけでございますよ」

「覚えておれ、この次はそのほうを拷問蔵に連れ込んでみせる」

と背で言い残した畑中平蔵は随身門《ずいじんもん》へと姿を消していった。

影二郎が瘦せた背を見送っていると、

「南の疫病神となんぞ揉め事か」

という声がした。振り向くまでもない蝶足の新助だ。

「なんぞ新しい御用かえ」

「そうそう儲け仕事は転がっちゃいないよ」

と応じた新助が、

「なんぞさ、西仲町あたりに美味《おい》しい話がないかと嵐山に立ち寄ったと思いねえ。そしたら、影二郎さんと畑中平蔵が睨み合っているのを見てね、なんとなく尾《つ》けてきたってわけだ」

「無駄は承知であやつのあとを尾け回してくれないか、新助」

「合点承知だ」

と即座に請け合った新助が、

「あやつの行く先が分かるかえ」

「聖天町の御用聞き仏七の家を目指していると思うがね」

「ほう、訪ねる相手もしたたかな野郎だ」

「まずは家には入るまい」

「影二郎さん、どこにいる」

「嵐山だ」

領き返した新助が単衣の裾を外股に蹴り出すようにして走って消えた。

影二郎が料理茶屋の嵐山の門前に再び戻ると、料理茶屋の内外はきれいに掃除がなされて打ち水がされていた。だが、灯りを灯《とも》す刻限には間があった。すでに台所は料理の仕度にかかり、緊張した仕事場に料理人の静かな声が時折り響いていた。

影二郎は居室に入って新助が来るのを待ち受けていた。だが、一刻《いっとき》が過ぎても一刻半が過ぎても新助が姿を見せる様子はなかった。

その間、嵐山では幾組かの客を迎え、送り出していた。そして、最後の客が四つ（午後十時）前に添太郎といくに見送られて姿を消した。

そんな時分、女衆《おんなし》が影二郎に、

「若様、蝶足の新助という人が来てますけど。部屋に上げますか」

と知らせてきた。

「新助はどこにいる」

「門の外に立っておられます」

「おれが出向く」

影二郎は着流しの腰に大小を差し落とすと、

「おや、今頃からお出掛けかえ」

と孫の身を心配するいくの言葉に、

「婆様、案ずることはない。戸締まりを忘れぬようにな」

と言い残すと裏口から夜の帳《とばり》が下りた表に出た。

新助はぴしゃりぴしゃりと首の辺りに襲いくる蚊を叩きながら待っていた。

「影二郎さん、南町の疫病神だがね、四半刻《しはんとき》ばかり聖天一家の前で立ちんぼうをしていたが、ふらりと山谷堀《さんやぼり》に出てね、通りすがりの棒手振《ぼてふ》りになにがしか小銭を渡してどこかへ使いに出させたと思いねえ。それから待乳山聖天《まっちやましょうでん》社の境内《けいだい》に上がってよ、小さな拝殿の前に陣取り、だれかが来るのを待つ風情で腰を下ろしやがった。おれも困ったぜ、正面の階段からだと身を隠すものもねえや。裏に回って藪の斜面を這い上がり、拝殿裏に出た。そんでよ、拝殿の床に這いずりこんだと思いねえ」

「ご苦労かけたな」

「ご苦労は畑中平蔵もおなじだ。蚊に食われながら、一刻半《いっときはん》（三時間）も待ったと思いねえ。ようやく人の気配がして、ぼそぼそと言い訳でもしている具合だった。するとよ、いきなり、ばちりと頰べたでも叩いたような音がして、怒鳴り声が聞こえた」

「康《やす》の字《じ》、南の畑中平蔵を甘くみるんじゃねえぜ」

「旦那、甘くみてなんてねえよ。親分が痛みを訴えなさって床の上で七転八倒だ、子分だれ一人その場を離れるわけにいかなかったんだよ」

「聖天は、それほど酷《ひど》いか。まさか死ぬんじゃあるまいな」

「藪医者は痛みの峠はこの数日、それさえ乗り越えれば親分は体力がありなさるからと言っていたがね」

「なにか探りだせたか」

「やったのがあさり河岸の鬼夏目影二郎というのはおよそ分かっているんだがね、親分は頑固に喋りなさらねえ。自分で決着つける気なんだよ」

康の字の怯《おび》えた声が響いた。

「……畑中平蔵が立ち上がった気配があってさ、康の字を蹴り飛ばしたか、悲鳴が上がった。『この前からなんの進展もないってか、てめえ、おれをなめてやがるな』ばしりばしり、と殴り付ける音がしてさ、康の字の『これ以上、どうやって親分の口を割らせろというんだよ』という泣き言が聞こえた。それからしばらく無言が続いていたが、康の字が『おりゃ、もうこんな間尺《ましやく》に合わない真似は嫌だ』と叫んだ、と思いねえ」

新助はしばらく口を閉ざしていたが、

「畑中平蔵は、ほんものの悪だねえ。いきなり鞘走る音がしたと思ったら、げえええっという康の字の絶叫がした」

「林崎夢想流の腕を見せたか」

「康の字と畑中平蔵にどんな関わりがあったか知らないが、そう深い付き合いとも思えねえ。あいつ、あっさりと命をちんころでも斬りつけるように居合で殺しやがった」

「殺したと」

「おうさ、一太刀で殺したぜ、御用聞きの手先をよ」

「新助、傷口を見たか」

「見た」

と答えた新助が身震いすると、

「右の首筋から顎を断ち割って左眼へと深々とした斬り上げだ。あの痩せっぽ、なかなかの力技を見せやがった。おまえさんといい勝負、そんな腕前だぜ。影二郎さんよ、大変だぜ」

新助が嗾《けしか》けるように言った。

影二郎は、どうしたものかと思案にくれた。すると新助が小鼻を蠢《うごめ》かして言い出した。

「ちったあ、褒めてくれてもよさそうじゃないか」

「聖天の仏七一家にご注進にでも及んだか」

「南町の定中役同心に殺されたってか、冗談じゃねえぜ。とくと考えてみねえ、おまえさきたぜ」

ん、嵌《は》められたんだよ」

「どうして」

「朝になれば死骸が発見されようぜ。おれは聖天町の拝殿の床下に引き摺《ず》りこんで隠してきたぜ」

「新助がやったわけでもないのに、なぜそんなことをした」

「野郎が康の字を抜き打ちに殺したのは、この殺しも影二郎さん、おまえの仕業にしたい魂胆があってのことと思わねえか」

しばらく考えた影二郎は、

「違いねえ。となるとどうしたものか」

蚊に食われながらまた思案にくれた。

次の日、あさり河岸の桃井道場で影二郎は最後の稽古相手に花咲吉五郎を選んだ。

二人の若武者は竹刀に魂を込めてぶつけ合うように打ち合った。全身全霊の打ち合いに吉五郎の息が上がり、

「影さん、参った。今日はこの辺で勘弁してくれ」

と竹刀を引いた。

二人は黙礼をし合うとその足で井戸端に言って両肌《もろはだ》を脱いだ。珍しいことに瓢箪《ひょうたん》がぶら下がった井戸端にはだれも人がいなかった。

「吉原伏見町《ふしみ》に中籬《ちゅうまがき》の海房楼《かいぼうろう》って妓楼がある」

といきなり吉五郎が言い出した。

影二郎は釣瓶で水を汲むと盥《たらい》に水を張り、手拭いを浸した。すると吉五郎も盥の向こうに腰を下ろして汲み上げられたばかりの水を両手に掬《すく》い、顔を洗って、

「やっぱり稽古で流した汗はいいな、さっぱりするぜ。たとえ相手が手加減をしたあさり河岸の鬼だったとしてもな」

「手加減なんぞしてない」

「花を持たせてくれなくてもいいや。過日の切餅が花咲家にどれほどの恵みをもたらしたか、影さんは知るまい。長年味噌、米、炭、油とツケが溜まっていた店に少しずつ払ってよ、久しぶりに母上の嬉しそうな顔を見たぜ」

と臨時廻り同心とも思えない言葉を吐いた。

臨時廻り同心は、隠密廻り、定廻りとともに町奉行所の花形だ。

出入りの店や屋敷から盆暮れにそれなりの付け届けがあって内所はどこもが豊かだった。

だが、花咲家では代々そのような関わりを持たずに清廉な御用一筋を通して、同心の三十俵二人扶持で暮らしを立ててきた。まず南北町奉行所でも、

「花咲家は辛抱貧乏が道楽」

と言われるほど珍しい存在だった。

「そいつはよかった」

「海房楼に紅一点《こういってん》という女郎がいるそうな。歳は二十一、太りじしの女だ。こいつに畑中平蔵が狂ってやがる」

影二郎が盥を挟んで吉五郎の顔を見た。

「紅一点という女郎をなんとしても身請けしたい様子だ」

「中見世か、落籍料もばかになるまい」

「なるまいな」

と吉五郎が他人事のように言って、手拭いを盥に浸して固く絞った。そして、そいつでごしごし首筋を拭った。

「紅一点、揚屋町の春涯楼から鞍替えしてきた女郎だぜ」

「ほう、いつのことだ」

「つい半年も前のことらしい。だからさ、春涯楼の内情に詳しいってわけだ」

「………」

「影さん、冷たいな。惚れた女が吉原にいるならいるで、おれに教えるがいいや」

「吉つぁん、あんまり深入りしない方が身のためだ。花咲家のような同心の家を滅ぼしたくないからね」

「いや、この機会に石部房太郎の仇を討つと決めたんだよ、おれは」

「困ったな」

「影さん、畑中平蔵は春涯楼の二階回しから影さんと萌のことを知り、ついでに聖天の仏七が二人の間に割り込んできたことを聞き出したんだ」

二階回しとは妓楼の男衆でなんでも御用を務める便利屋である。

「ご苦労だった」

影二郎は立ち上がった。

吉五郎も手拭いを盥の水で洗うと絞りながら立ち上がり、

「影さん、抜けがけはなしだぜ。おれも片棒担ぐ」

とはっきりと言った。

ふうっ

と息を吐いた影二郎が、

と吉五郎に誘いかけた。

夏小袖に着替えた影二郎と吉五郎の二人が桃井道場の門を出ようとすると、おふくがなにか言いたげな顔で立っていた。

影二郎はただ会釈《えしやく》して通り過ぎようとした。すると吉五郎が、

「おれはどこかで待っていてもいいぜ」

と囁いたが影二郎は素知らぬ体《てい》でおふくの前を通り過ぎ、白魚屋敷へと橋を渡った。

「おふくさんは影さん一途《いちず》だからな」

「おふくさんには似合いの人がきっといる。おれのようなやさぐれ者ではいけねえ」

「そうかねえ、夏目影二郎が鏡新明智流を継承すれば北辰一刀流の千葉道場なんて目じゃないくらい流行るぜ」

「お断りだ」

「萌さんがいいのか」

「日陰者どうし、似合いよ」

ふうん、と応じた吉五郎に、

「吉つぁん、本気か」

「道場を出よう」

と質した。

「花咲家はだれもが承知のような融通の利かない同心を代々守り通してきた。給金相応の暮らしをして、八丁堀の同心の鼻ぺちゃ娘を嫁にもらい、せいぜい十日に一度の晩酌を楽しみに隠居するまで江戸の町廻りだ。いやさ、それが不満だとは言ってねえ、だがな、おれはまだ若いんだ、時に羽目を外して生きてみてえじゃないか」

「同輩を始末することが羽目を外すことか」

「石部房太郎の弔《とむら》いで誓ったんだ。いつの日か、房太郎の無念を晴らすとな」

「吉つぁん、手出しをしてはならない。それが約束できるか」

「立ち合うだけか」

「それが嫌なら、おれ一人で殺る」

「承知した」

「よし、話を聞かせる」

影二郎は、畑中平蔵が聖天一家の手先の康の字を得意の居合で始末した経緯を語った。

吉五郎が黙り込み、

「そいつは影さんの仕業と見せかけようとしてやったというのか」

「そいつを確かめるのが、吉つぁんの仕事だ」

「よし、康の字のことを調べる。その上で、畑中平蔵を襲うか」

と足を止めた吉五郎が言い、影二郎も頷き返した。

四

花咲吉五郎がふらりと嵐山に姿を見せたのは晩夏の夕暮れどきだ。若い女中に案内されて影二郎の居室に通った吉五郎が、

「八丁堀の組屋敷とえらい違いだぜ」

と泉水に落ちる小さな滝音が響く庭を見回した。

南北の町奉行所与力同心は、八丁堀に与力二百坪余、同心百坪ほどの地所を拝領して住む。ゆえに家賃に困ることはないが、なにしろ三十俵二人扶持、一代かぎりが仕来たりだ。大過なくその年を終えれば大晦日の夜、上役与力の役宅に呼ばれて、

「長年申し付くること」

と慣例の言葉を頂戴して、新しい年の奉公を申し渡される。

町方同心のせいぜいの特権は、どこの湯屋《ゆや》であろうと一番湯に入れるくらいのものだ。

花咲家では母親が庭先に季節の野菜を植えて三度三度の菜《さい》にして節約に努めていた。

一方料理茶屋の嵐山は客商売だ。それも幕府の要人や大店の旦那衆が客筋だ。建物も総二階、庭も前庭、中庭となかなか凝《こ》った造りになっていた。

「吹き抜ける風まで香りが違う」

「八丁堀はどんな風だい」

「母上が野菜を育てるのに撒く肥《こえ》の臭いがぷんぷんと漂いやがる。一方嵐山は夕暮れの光に照らされた庭木がさわさわと涼しげだぜ。地獄と極楽の違いとは言わないが、だいぶ差があるな」

「吉つぁん、愚痴を言いにきたのかえ」

「それだ」

と縁側に腰を下ろした。

「たしかに聖天一家の下っ引きの康吉朗《こうきちろう》って野郎が昨日から行方を絶ってやがる。この康吉朗を呼び出した町方同心がいたらしい。顔や名は分からないが、貧相な同心だったそうな。間違いなく畑中平蔵だぜ。康吉朗はきっと畑中に弱みを握られていたんだろうな」

と吉五郎が蝶足の新助の探索を裏付けた。

「影さん、畑中平蔵が今晩、海房楼を訪ねるぜ。どうやら本気で妓楼の主に落籍話を相談する気だ」

「ということは身請けの金子の都合がついたんだな」

「影さん、臨時廻り同心のおれの財布はいつだってぴいぴいと北風が吹いてやがらあ。定中役がどうして吉原の中見世の遊女をあっさりと身請けできるというのだ。いよいよ明日にも嵐山に姿を見せて、影さんの爺様に掛け合うと見たがね」

臨時廻り同心の調べだ。遺漏《いろう》がある筈もない。

「となると今晩だな」

「そう今晩が残された機会だな」

「畑中は、泊まりか」

「あれで意外と律儀でな、泊まりの夜は四つ（午前十時）前に浅草田圃を抜けて八丁堀に戻り、朝風呂に入るのが野郎の仕来たりだ」

「時間があるな」

影二郎は立ち上がると花札をひと揃い持ち出し、吉五郎と手慰みを始めた。すると最前の若い女中が酒と肴《さかな》を載せた膳を運んできた。

「影さん、揚げ膳据え膳かえ、おれと代わってくれないか」

「それもいいな」

酒を飲みながらの花札とばくは、嵐山の暖簾が下ろされ、灯りが消えて、遅い夜食を添太郎やいく、住み込みの奉公人が食べて眠りに就いた後も続いていた。

四つ半（午後十一時）時分、二人は蚊遣《かや》りが焚かれた座敷でごろりと眠りに就いた。仮眠は一刻半《いっときはん》ばかり続き、影二郎が起きた。

「影さん、刻限かえ」

「八つ（午前二時）過ぎだ」

「よし」

二人は手早く身仕度を整えると嵐山の塀を乗り越えて外に出た。西仲町から広小路を突っ切り、浅草寺寺中《じちゅう》が並ぶ裏路地を本堂前から奥山に入り込んだ。

江戸有数の見物小屋、芝居小屋がひっそりと眠りに就く奥山を二人はひたひたと抜けた。

屋の棟三寸下がろうかという丑三《うしみ》つ（午前二時）どきだ。二人のほかに人影もない。

着流しの影二郎が紺染めの手拭いを出して吉原かぶりにした。すると南町臨時廻り同心の花咲吉五郎はなんと盗人かぶりで顔を覆った。その上影二郎の夏の小袖を着流してとても町方同心という風情ではない。

「なんだか、押し込みにでもいく気分だぜ」

奥山の西北側は疎水が流れ、幅一間の土橋が架かっていた。土橋を渡ると花川戸町、山之宿町、材木町《ざいもく》の入会地《いりあいち》だ。

田圃の真ん中の暗い畔道《あぜみち》を迷いもせずに歩けるのは、影二郎が浅草西仲育ち、一方の吉五郎は町廻りの町方同心だからだ。

田圃の畔道に朝露が下りて、素足の二人の雪駄を濡らした。

疎水に両側を挟まれた畑屋敷の前を抜けて六軒《ろっけん》町の浅草溜の前を通り過ぎた。すると前方に不夜城吉原がうっすらと浮かび上がって見えた。

江戸を焼き尽くした振袖《ふりそで》火事の大火の後、浅草田圃に二丁《にちょう》町から移ってきた新吉原は、東西百八十間、南北百三十五間、総坪数二万七百六十坪の敷地が高塀と幅二間の鉄漿溝《おはぐろどぶ》に囲まれた、

「ご免色里」

だった。この閉ざされた里に、

「遊女三千人」

が妍《けん》を競い、この遊女たちが暮らすために米屋、味噌屋、雑貨屋、八百屋、魚屋の他に貸し本屋、質屋、医家、手習指南、芸人ら、下働きの男衆が表通りの五丁町裏に住み暮らして、住人一万人を超える特殊な町を形成していた。

影二郎にとって吉原とは萌が住み暮らす里だ。

「影さん、余計なお節介だ」

「分かっているなら止めておけ」

「萌さんはいい女だ。鉄漿溝に染まらない内に里の外に連れ出しねえな」

「考えねえじゃない」

「ならば迷うこともあるまい」

と応じた吉五郎が、

「まさかこの前の二十五両、そのための金子じゃなかったのか」

「あれかい、あぶく銭が偶々《たまたま》入っただけのこと、使い道もなかった金だ」

「聖天の仏七は知ってのとおり香具師の元締めの上に賭場も持ってやがる。元気になって身請けしようと思えばその日の内にできるご身分だぜ。影さんが先んじるしか勝ち目はねえ」

と吉五郎が言った。

遊女は妓楼の主の胸先三寸で売りもされ、得となれば身請け話にも応じた。この際、客と遊女が想い思われなんてなんの力も意味ももたない。いくらの身請け金を抱え主の前に積んだかどうかで遊女の運命は決まった。

「影さん、爺様に言えば萌さんの身請け金くらいなんとかなろう」

「考えねえわけじゃない。萌にも話したことがある」

「ならば話が早い」

「萌は一旦吉原の溝に染まった身、いくらなんでもそのような大店の嫁に入れましょうかと身請けを迷ってやがる」

「そいつを説得して嵐山に入れるんだね。守ってやるのは影さん、おまえ様一人だ」

友の親身《しんみ》な言葉を頷きながら聞いた。

「そのためにはまずやらねばならないことがある」

「畑中平蔵と聖天の仏七の始末だな」

「いかにもさよう」

浅草田圃の真ん中にひょろりとした松が何本か生えた辻があった。そして、その根元に道祖神が見えた。

影二郎が数日前の未明、聖天の仏七を待ち受けた辻だった。

吉原がなんとなく起き出した気配があった。

「影さん、大門前で見張っていよう。奴が出てきたら直ぐに知らせるぜ」

と言い残した花咲吉五郎が朝露を蹴散らして五十間道へと走っていった。

影二郎は松の陰に身を潜めた。

ぎいっと大門が開かれる気配がして、うっすらと明け染めた空を明《あ》け烏《がらす》が飛んでいった。

どれほど時が流れたか、すたすたとやってくる姿が目に留まった。

縦縞の着流しに巻羽織を着た格好は定中役同心畑中平蔵だった。

(吉五郎は見落としたか)

身の丈五尺二、三寸か。

帯前に真鍮芯銀《しんちゆうしんがね》流し十手の朱房《しゆぶさ》が揺れていた。そして、その傍らに黒塗りの刀が落とし差しにされていた。

畑中平蔵は伏し目ですたすたと道祖神の辻に差し掛かろうとしていた。

影二郎は、五十間道の裏手から慌てて走り出してきた吉五郎の姿を認めた。だが、もはや吉五郎に願うことはなかった。

東の空に朝の光が疾《はし》って、浅草田圃がうっすらと浮かんだ。

ゆらり

と影二郎が松の陰から道祖神の辻に出た。

うっ

という呻き声を洩らした畑中が足を止め、細い目を影二郎に向けた。

「なんの真似だ、おれは南町の同心だぜ」

と朱房の十手に手をかけながら、上目遣いに吉原かぶりの顔を確かめた畑中平蔵が、

「夏目影二郎か、頬かぶりなんぞしてこの畑中平蔵を斬ろうというのか」

「待乳山聖天社で聖天一家の下っ引き、康吉朗を得意の居合で斬り殺したな」

「なんとなくだれかに見られていると思ったがおまえか。どうりで康の字の死骸が番屋に届けられないはずだ」

「おれではない、仲間だ。なんで斬った」

「聖天の仏七をやったのはおめえだ、その手先が一家の近くで殺されたとなりゃあ、夏目影二郎が春涯楼の新造萌を巡ってやったと世間が考えるかもしれねえや」

「紅一点を身請けするためにあれこれと画策するな、おれの爺様から身請けの金を強請るつもりか」

「嵐山は大所帯だ。小見世の女郎上がりが嫁にはなれなくともよ、身請けする金子くらい都合をつけられようじゃねえか」

「勝手な理屈だな」

ばたばた
と足音を立てて花咲吉五郎が道祖神の辻に姿を見せた。

「すまねえ、影さん。こやつが大門を出たのとおれが駆け付けたのと行き違いになっちまった」

「その声は、花咲吉五郎か」

「おう、いかにも花咲吉五郎だ」

「あさり河岸の悪の手先になって、なにをしようというのだ、吉五郎」

「おめえにいびり殺された石部房太郎の仇を影二郎さんに討ってもらうのよ」

「てめえ、町方同心の本分を忘れたか」

「おまえには言われたくない。少なくとも二人はおまえの手に掛かって死んでいる」

「ふざけるな。石部房太郎はてめえで拷問蔵の梁に縄をかけて首をくったんだぜ。おれは何一つ手を出してねえ」

「おまえがそのように仕向けたんだ」

ふーん
と畑中平蔵が鼻でせせら笑い、朱房の十手の柄《え》にかけていた手を刀の柄《つか》へと移し、腰を沈めた。

影二郎は背筋をすっくと伸ばしたまま、摂津の刀鍛治月山貞次が鍛造した刃渡り二尺四寸三分を抜いて、正眼に置いた。

姿勢を低くとった小柄の畑中がいよいよ影二郎を見上げる構えになった。

間合いは一間半（約二・七メートル）。

畑中が得意の居合技で影二郎を仕留めるためには一間以上も踏み込まねばならなかった。だが、畑中はその場から動こうとはしなかった。

この戦《いくさ》、畑中には時は味方であった。反対に影二郎にとっていつ浅草田圃に人が通りかかるかしれなかった。

影二郎が踏み込んだ。

すると畑中がその分下がった。

また踏み込んだ、すると相手がするすると下がった。

「畑中平蔵、あさり河岸の鬼が怖いか」

と叫んだ花咲吉五郎が畑中の背に回り、刀を鞘走らせた。

背後の吉五郎の存在に畑中は下がることを封じられた。

「よほど死にたいか」

と畑中平蔵が言うとその場で姿勢を改めた。両足を開き、腰をさらに沈め、上体を前傾させた。

その異形の構えで影二郎の胴を狙《ねら》うと見せかけた。

影二郎は康吉朗が首筋から顎を斜め上方に斬り割られていたという新助の言葉を思い出していた。

正眼の構えを八双へと移行させ、月山貞次の刃を立てた。

その間にするすると畑中が一気に間合いを詰めて、一歩踏み込めば死地へと入る位置を獲得した。

にたり
と笑った。

「林崎夢想流技の外」

と上目遣いに影二郎を見上げた畑中平蔵が前傾した上体を右方向に捻り上げて突進してきた。

影二郎の目からは前傾した体の陰で刀を引き抜く動きが見えなかった。

光が疾《はし》った。

体の下から一条の白い光が影二郎の首筋へと伸びてきた。

影二郎の立てられた月山貞次が雪崩《なだ》れるように落ちて伸びあがってきた光を捉えた。

がつん
という不気味な音が道祖神の辻に響いて、畑中平蔵の刃を二つに斬り下げた。さらに畑中の首筋に深々と月山貞次の物打ちが食い込んでその場に押し潰した。
ぐえっ
という呻き声を発しさせてその場に押し潰した。
ぴくぴく
と畑中の身体が痙攣して、
ことりと動かなくなった。
浅草田圃の道祖神の辻に風が流れて、靄が舞い動いた。
影二郎が血ぶりをくれた。
血の匂いが、
ふわっ
と漂い、朝靄と混じり合った。
「石部房太郎、おぬしの仇はあさり河岸の鬼が討ったぜ」
と吉五郎が叫ぶと影二郎と一緒に奥山に向かって駆け込んでいった。
影二郎は二、三日嵐山に留《とど》まって様子を窺っていた。
三日目の夜、花咲吉五郎が嵐山に姿を見せた。

「影さん、畑中平蔵だがな、辻斬りに遭ったという話だぜ」

「ほう」

「南町が真相を究明するには、あまりにも畑中平蔵の評判が悪過ぎらあ。それに待乳山聖天の拝殿の床下から康吉朗の死骸が発見されてよ、畑中の得意技ということもあり、だれが言い出したか、辻斬りが辻斬りに遭ったなんて奇妙な話が流れていやがる」

「それはそれは」

どっかりと腰を下ろした吉五郎が聞いた。

「影さん、こっちはいいが聖天の仏七が二人の殺された話を床で聞いて、あさり河岸の鬼は許せねえと言ったとか言わないとか。どうするね」

「怪我をして寝込んでいる者をどうすることもできまい。しばらく放っておくさ」

「それでいいのかい」

頷いた影二郎が、

「花咲吉五郎どの、此度はいかい世話になった」

「なんだい、急に言葉を改めて」

「吉五郎どの、われら、もはや放蕩の時代は過ぎたと思わぬか。そなたは南町奉行所臨時廻り同心の務めに励みなされ」

「影さんは、いや、夏目影二郎さんはどうするね」

「考えてみる」

「厄介の目は早めに潰すことだぜ」

「同心どのの忠告有難く肝に銘じておく」

ふーむ
と返事した吉五郎が、

「明後日からは南町が月番だ。また町廻りに精を出そう」

「それがよい」

数年後、聖天の仏七の反撃が始まり萌の身に悲劇が降りかかるのだが、若い夏目影二郎は知る由もなかった。

影二郎が活躍した「天保」後期という時代

「狩り」シリーズでの影二郎の活躍は、江戸時代後期、十四年あった天保年間（一八三〇〜一八四三）の後半だ。

国内は天保四年（一八三三）から三年以上にわたって続く大飢饉《だいききん》。たび重なる風水害や冷害による凶作と諸藩の米の囲い込みなどで、流通する米が不足して米価が高騰、それにともなう諸物価の高騰で農民や下層町人は困窮の極みに達していた。農村は、多数の餓死者や耕作放棄者を出して荒廃。かたちばかりの幕府の救済策や諸藩の対策に実効性はなく、募る不満・憤懣で、反乱や一揆《いっき》・打ち毀《こわ》しが頻発する。天保八年（一八三七）、「窮民救済」を掲げて大坂町奉行の元与力が武装蜂起した「大塩平八郎の乱」は、一日で鎮められたものの、身内からのほころびは幕府に大きな衝撃を与えた。

対外的には、次々と現れて開国を迫る異国船の対応に苦しむ幕府。アヘン戦争（一八四〇〜一八四二）での清国の敗北によって欧米列強の力を思い知らされることになる。二百年を超える太平の世にあぐらをかいていた幕府や識者は迫りくる脅威に震撼、危機感を抱くものの有効な手立ては見出せない。

こうした内憂外患の厳しく難しい時代状況の中、幕政の中心にあったのが、天保五年〜十四年（一八三四〜一八四三）に老中をつとめた水野忠邦《みずのただくに》である。

天保八年（一八三七）、十一代将軍徳川家斉《いえなり》の後を継いで十二代将軍となった家慶《いえよし》に重用され、農業、経済、外交など、諸々の問題解決と幕府立て直し・強力支配の復活を図って「天保の改革」を断行。「倹約令」を出して贅沢品や娯楽を取り締まるいっぽう、江戸に出稼ぎにきた農民を「人返しの法」によって帰村させ、飢饉で荒れ果てた田畑の復興と江戸への人口流入の防止を図ったり、商品流通の促進をねらって都市の商売を独占していた「問屋仲間を解散」させたりする。

飢饉や倹約とともに、この時代の印象を暗くするのが、忠邦の腹心の部下で、目付から江戸南町奉行、さらには勘定奉行を兼任して強権をふるった鳥居耀蔵《とりいようぞう》の存在。おとりをつかって贅沢品を取り締まったり、超保守派として、気に入らない高野長英《たかのちょうえい》や渡辺崋山《わたなべかざん》ら開明・先見の洋学者たちに難癖をつけて強引に処罰・弾圧（蛮社の獄）したりと、陰険な恐怖政治を行った。

不安と不満が渦巻く社会で、芝居や読み物を奪われ、なによりも楽しみにしていた鰹《かつお》に代表される「初物」まで禁止された江戸っ子の鬱屈《うっくつ》・反発は尋常ではない。

しかし、すでに幕府は黄昏《たそがれ》。不満を増長させるだけの忠邦の改革では、時代の流れを変えることも、昔日の支配力を取り戻すこともできるはずもなく、幕府直轄地の効率的な管理・統制と収入確保のために、江戸と大坂周辺の大名や旗本の領地を召し上げる「上知令《あげちれい》」を発するにおよんで、幕府は弱体化を露呈する。大名・旗本の猛反発によって令は廃止、忠邦は老中を罷免《ひめん》されてしまうのである。

「狩り」シリーズ

登場人物紹介

夏目《なつめ》影《えい》二《じ》郎《ろう》

本名瑛二郎。旗本常磐秀信《ときわひでのぶ》と、その妾で浅草の料理茶屋「嵐山《らんざん》」の一人娘・みつの子として生まれ、下谷同朋町の妾宅で育てられる。

十四歳のとき、母・みつの死去に伴い常磐家に引き取られるが、養母・異母兄と折り合いが悪く一年足らずで家を出て、「影二郎」と名乗り裏街道を歩むことに。二世《にせ》を誓った吉原の女郎・萌《もえ》がいたが、影二郎の知らぬ間に、萌は香具師《やし》の元締めと十手持ちの二足の草鞋《わらじ》を履く聖天《しょうでん》の仏七《ぶつしち》に騙されて身請けされ、のちに自害してしまう。影二郎は聖天の仏七を殺害、萌の仇を討つ。

十手殺しの科《とが》で入牢し、遠島を待つ身となった影二郎のもとに現れたのが、父・秀信。すんでのところで救い出された影二郎は、勘定奉行となった父の影御用を務めることになるのであった。

彫りの深い、端正な顔で立髪、しなやかな長身を無紋の着流しで包み、腰には先反《さきぞ》りの大刀を手挟む。大刀は、南北朝の鍛冶・法城寺佐常《ほうじょうじすけつね》作の大薙刀《おおなぎなた》を刃渡り二尺五寸三分（約七十七センチ）のところで棟《むね》を磨いて先反りの豪剣に鍛え直したもの。鍔《つば》は京の名工・埋忠明寿《うめただみょうじゅ》鍛造で、秋蜻蛉《かげろう》飛翔の図柄が金銀・素銅などで線刻象眼されている。旅出の姿は、長吏頭・

浅草弾左衛門より贈られた渋《しぶ》を塗り重ねた一文字笠——「江戸鳥越住人之許」を意味する梵字《ぼんじ》が隠し文字で記される——に、表は黒羅紗、裏地は猩々緋《しょうじょうひ》、両裾に二十匁《もんめ》（七十五グラム）の銀玉を縫い込んだ南蛮外衣《なんばんがいい》をまとう。

八歳より鏡新明智流桃井春蔵道場で修行した剣術の腕は凄まじく、「位の桃井に鬼がいる……」と評判になるほど。影仕事で修羅場をくぐり抜けたことでさらに凄みが増し、『秋帆狩り』では江戸三大道場の一つ、練兵館の十人の門弟たちを軽くいなしている。『忠治狩り』では、なんと影二郎の名を騙る不届き者が出現。その技量、勇名は全国に轟《とどろ》いているようだ。

性格的には、冷静かつ大胆。駘蕩《たいとう》、鷹揚《おうよう》な言動は、妾腹とはいえ育ちのよさからか。「弱きを助け強きをくじく」で、困っている者を見捨てておけないお節介な一面も。ルックスと腕っぷしの強さ、人柄をも兼ね備えているだけあって、女性にとっては極めて魅力的なようだ（犬にとっても）。ふだんは浅草三好町の市兵衛長屋に暮らしているが、そこでも、渋茶から飼い犬・あかの餌やりまで、隣近所の女房たちから何くれとなく世話を焼いてもらうという人気ぶりを発揮している。

犬とは相性のいい影二郎だが、「犬猿の仲」ということか、『鵺女《ぬえめ》狩り』の伊豆の山中では百数十頭という野猿軍団に敵として認識され、襲撃された。

若菜《わかな》

影二郎の恋人。影二郎と恋仲であった萌の二つ違いの妹で、川越の浪人・赤間乗克《あかまのりかつ》の娘。萌の自害ののち父母が相次いで亡くなり、川越藩御用の酒屋「鍵屋」で働いていたが、『八州狩り』で影二郎の祖父母の営む料理茶屋「嵐山」に預けられる。以後、添太郎といくに実の孫のようにかわいがられながら、嵐山を切り盛りし、影二郎にとっても嵐山にとってもかけがえのない存在となった。嵐山が水野忠邦の改革によって営業停止となったとき、「十文甘味あらし山」へと業態を変更して危難を乗り越えることができたのは、若菜のアイデアとセンスによるところが大きい。

影二郎が遠島を逃れたのは、若菜が常磐秀信に働きかけたことによるもの。初めて出会ったときは、その相貌を影二郎は萌と見間違ったが、仲が深まるにつれ、萌との違いを実感していくようになる。

若菜の最大の魅力は、影二郎の御用旅の帰りを健気《けなげ》に待つ、一途《いちず》さにある。また、『鉄砲狩り』での、苦難に負けず影二郎の助けを信じる芯の強さ、『奸臣狩り』で忠治を逃がすために思い切った行動をとるような大胆さももっている。

常磐豊後守秀信《ときわぶんごのかみひでのぶ》

影二郎の父。本所深川南割下水に屋敷をもつ（のちに大目付昇進時、小川町へと屋敷替え）旗本常磐家の婿養子。優柔不断で気が弱く、家付娘の鈴女《すずじょ》との折り合いの悪さからみつを妾とし瑛二郎（のち影二郎）をもうけたが、それによっていっそう鈴女に頭が上がらなくなってしまう。長男・紳之助《しんのすけ》、長女・紀代《きよ》がいるが、紳之助よりも豪胆な影二郎を頼みとしているところがある。

生来頼りないながらも、勘定奉行就任後に腐敗した八州廻りの始末を断行したり、危険を冒して開明派と行動を共にしたりと、正義感は強い。『鵺女狩り』での影二郎との父子水入らずの旅も、ふだん江戸城詰めで「箱入り」な秀信にとっては、目新しい発見や刺激的な体験ばかりで、得るところは大きかったようだ。

もちろん、無役の旗本寄合席三千二百石であった秀信が、政治的意図があったとはいえ勘定奉行公事方（関東取締出役担当）に抜擢《ばってき》され、それ以降、勘定奉行勝手方、大目付、大目付筆頭（道中奉行兼帯）と、着々と出世街道を歩むことができたのは、影二郎の働きによるところが少なくない。

菱《ひし》沼《ぬま》喜《き》十《じゅう》郎《ろう》

常磐秀信配下の老練な監察方（密偵）。初めは勘定奉行所監察方だったが、秀信の昇進にともない大目付監察方に。道雪《どうせつ》派の弓の名手。

初老、もの静かでお役目大事な律儀者だが、影御用に励むうち次第に、本人曰く、影二郎の影響で昼酒を覚えたりと、融通も利くようになった。亡妻は、浪人の娘でのちに苦界に身を落とす……と萌と似た境遇であることから、影二郎に共感を抱いている。

手塩にかけて育てた一人娘・おこまも同じく監察方の道を歩み、秀信の影御用をともに務めている。

おこま

菱沼喜十郎の一人娘にして、父同様、常磐秀信配下の監察方。夏場は水玉の頭巾《ずきん》に振袖《ふりそで》、袖なし羽織で浅草奥山の水芸人「水嵐亭おこま」に扮し、冬場は四竹節《よつだけぶし》芸人としていい喉を聞かせつつ、事件の裏を調べ上げる。芸事の腕は亡くなった母親の仕込みだとか。

得物は棹に刀を仕込んだ三味線、飛び道具として水芸の扇や四竹を扱う。さらに、亜米利加国古留止社製連発短筒の名手でもある。これは、『破牢狩り』で短筒《つつもたせ》の礼五郎との対戦で得た戦利品を、弓の達人である父・喜十郎譲りの飛び道具の勘があろうということで、影二郎から下げ渡されたもの。

初登場の『代官狩り』の頃は二十二、三歳。あでやかな顔立ちでなかなかの美人だ。影二郎を陰ながら慕っており、幾度もともに旅をした犬のあかとも旧知の間柄。船に弱いのが玉にきず。

小才次《こさいじ》

秀信の密偵。もとは常磐家の中間《ちゅうげん》（奉公人）。祖父の代から奉公しており、父の伊太郎は馬廻方《うままわりがた》であった。母の実家に養子に出されていたが、父と兄の死を機に常磐家に戻り、『下忍狩り』での影二郎との出会いで密偵となる。影二郎に命じられて津軽弘前藩邸を調べたその一晩で確実な働きぶりを見せたので、もともと密偵としての素質があったのだろう。シリーズ中盤作品の『下忍狩り』から、と登場は他の人物と比べて遅めだが、すでに始末旅には欠かせない活躍ぶりを見せている。得物は小刀など。

牧野兵庫《まきのひょうご》

南町奉行同心。職掌は異なるが近接する仕事内容から、菱沼喜十郎とは旧知の間柄。庶民を締めつける奉行の鳥居耀蔵《とりいようぞう》とはそりが合わず、八丁堀の花形である定廻《じょうまわ》りから、臨時職の定中役に追いやられる。さらには罷免の憂き目に遭うが、影二郎のはからいで北町奉行遠山景元《とおやまかげもと》直属の影同心となった。

国定忠治《くにさだちゅうじ》

本名長岡忠次郎。大たぶさの髪にトレードマークの古びた三度笠をかぶり、縞の道中合羽、手甲脚絆に草鞋履き、腰には長脇差の長曾禰虎徹《ながそねこてつ》という旅姿で神出鬼没。初出の『八州狩り』では「暗い顔付きの若者」とあり、当時二十代半ば過ぎくらいか。

小太りの割には身のこなしは猫のように敏捷で、影二郎としばしば邂逅《かいこう》する各地の温泉場でも、どこからともなく現れては、軽々と梁に跳び移り、誰にも気づかれないうちに去っていく。

赤城砦での出会い以来、隠し湊の里で共闘したり、かどわかされた若菜の行方を追ったり、草津白根山で八州廻りに追われたり、伊豆下田へと出張ったり……と、影二郎とは助け助けられ、敵ではないが味方でもない、独特の信頼関係を築き上げている。忠治が死ぬときは影二郎がその首を落とす斬首役を果たすと約定《やくじょう》、それが『忠治狩り』での影二郎の奥州行へとつながるが……。

蝮《まむし》の幸助《こうすけ》

国定忠治の手下。一筋縄ではいかない忠治の手下たちのなかでも一際極悪な顔付きで、首筋には刃物の傷跡がある。

影二郎とは不思議な友情（？）を育んでいるようだ。『八州狩り』の赤城砦で影二郎を拷問にかけたことに始まって、以後、旅先の流れ宿《ぐやど》でひょっこり出会ったり、馬子に扮して影二郎の山越えを手伝ったり、浅草三好町の長屋にやってきて情報交換をしたりと、何かと手を貸してくれている。

『忠治狩り』では、忠治の逃亡旅に関連して、蝮の意外な過去も明らかになる。

添太郎《そえたろう》、いく

影二郎の祖父母。浅草寺門前西仲町にて料理茶屋「嵐山」を営む、気のいい老夫婦。一人娘・みつの生んだ影二郎には甘く、妾腹で凶状持ちにもかかわらず、父・常磐秀信の跡を継げないかと望んだほど。

影二郎が連れてきた若菜を引き取ってのちは、若菜を実の孫のようにかわいがっており、信頼して店をまかせている。二人の生き甲斐である若菜と影二郎が、一日も早く所帯をもってくれることが心からの願いだ。

嵐山は、豪奢贅沢禁止令に引っかかって商い停止となり、蕎麦餅やいわしのつみれ汁などを供する「十文甘味あらし山」へと業態変更するが、値の手頃さと美味が評判を呼び、大繁盛となる。ちなみに、「嵐山」の名は、添太郎の先祖が武州比企郡嵐山生まれであることから。

常磐家《ときわけ》の人々

常磐秀信には妻と、(影二郎を除いて) 子ども二人がいる。

影二郎を常磐家から追い出した張本人である妻の鈴女は、家付娘だけあってかなり気が強く、悋気《りんき》も盛んで、険《けん》のある性格である。夫・秀信が隠れて妾を作るのもむべなるかな……。

長男の紳之助は母譲りのきつい性質で影二郎とは折り合いが悪い。なかなか役付きになれず、秀信の上役である水野忠邦によると、弟（影二郎）とはだいぶ違って大人しすぎる、との評。

長女の紀代は、母や兄に似ず心やさしい娘に育つ。旗本二千四百石の浜谷家嫡男・清太郎と祝言を挙げるはずだったが、『五家狩り』で清太郎が性悪女に引っかかってしまい、その後始末を影二郎らがつけている。

浅草《あさくさ》弾左衛門《だんざえもん》

代々、革製品全般の製造販売を統率し、長吏《ちょうり》や座頭《ざとう》、舞々《まいまい》、猿楽《さるがく》などの二十九職を束ねる「闇幕府の将軍」。影の世界に絶大な権力をもち、その頂点に立つ。浅草新町に一万四千余坪の広大な屋敷を構え、さらに日本橋室町に二千六百余坪の拝領屋敷をもつ——中門には、相当家格の高い大名家にのみ許された中爵門を備える——ことからも、その権勢ぶりは窺い知れよう。「鳥越のお頭」の名は、江戸時代初期、新町に移る前に屋敷があった地名から。

影二郎は無頼時代に知己を得、ひょんなことから気に入られて「江戸鳥越住人之許」の意の梵字が隠し記された一文字笠を贈られる。これにより、影二郎は弾左衛門ら闇社会の一員として受け入れられ、また旅先の流れ宿《やど》、善根宿《ぜんこんやど》を自由に使える「通行手形」を得ることとなった。それ以外にも、影二郎はたびたび弾左衛門屋敷を訪ね、知恵を借りたり、便宜を図ってもらったりと、始末旅になくてはならない協力者である。

吉兵衛《きちべえ》

弾左衛門の用人で代々仕える腹心の老人。影二郎が弾左衛門に助力を求めに来るのに応じて、人物や背後関係の調査をしてくれる。

江川太郎左衛門英龍《えがわたろうざえもんひでたつ》

伊豆韮山代官。常磐秀信の本所深川屋敷の隣人であり、秀信とは肝胆相照《かんたんあいて》らす仲。幕閣のなかで開明派であり西洋知識導入に積極的な太郎左衛門は、保守派で蘭学嫌いの鳥居耀蔵とはそりが合わず、幾度となく迫害を受ける。その窮地を影二郎によって救われている一方、砲術や船で影二郎の始末旅に尽力してくれる、心強い味方だ。

太郎左衛門は知識ばかり蓄えた頭脳派ではなく、剣の遣い手でもあり、神道無念流の免許皆伝者で斎藤弥九郎とは兄弟弟子。『秋帆狩り』では練兵館で影二郎と手合わせして「さすが」と影二郎に言わしめたほどの腕前である。

高島《たかしま》四郎《しろう》太夫《だゆう》秋帆《しゅうはん》

江川太郎左衛門英龍の西洋式砲術の師。長崎町年寄で長崎会所調役頭取。西洋事情に精通し、幕府に、異国の脅威に抗しうる西洋式砲術と最新銃砲を持つ必要性を説く。武蔵国徳丸ヶ原での演習（『鉄砲狩り』）後、水野忠邦に受け入れられ幕府の砲術教授となるものの、蘭学嫌いの鳥居耀蔵には目の敵にされる。その名も『秋帆狩り』では鳥居一派に命を狙われ、影二郎・太郎左衛門の助けで江戸脱出。伊豆で砲術教授後、長崎へ逃れる。しかし数ヵ月後、鳥居耀蔵の謀略によって、開明派の重鎮は長崎で捕縛されてしまう。

水野忠邦《みずのただくに》

老中。常磐秀信の上役に当たる。聖天の仏七を殺めた科と流罪人の記録を抹消する代わりに、影二郎に影御用をさせ続ける……という差配をしたのが水野忠邦である。

天保の改革を断行、極端な奢侈禁止令によって庶民の暮らしを苦しめる……というと、ふつうは悪役、敵役となるところ。だが、『奸臣狩り』で、改革のあまりの性急さ、取り締まりの苛烈さを戒める影二郎に対し、幕府の目を覚まさせるためだと水野忠邦は述べる。単純に悪とは言い切れない、この国への彼なりの思いを感じさせるシーンだ。

影二郎との接触としては、水野の過去のあやまちの始末を命じられる『百鬼狩り』が大きい。二十余年前、唐津藩主であった頃、藩鵜匠の岸峰三太夫の娘・お歌との間にできた息子の邦之助と、のちに江戸から書き送った書状を処分せよ、という非情な命に、裏を感じながらも、借りのある影二郎は唐津へと赴く。

また、『奸臣狩り』では、影二郎が草津から帰ってきたところを、長屋の置き手紙で浜松藩上屋敷に呼び出し、先の将軍家斉側近の後始末を命じている。

鳥居《とりい》耀蔵《ようぞう》

目付、のち南町奉行。水野忠邦の提唱する天保の改革において、奢侈取り締まりの苛烈さから庶民に大いに憎まれる。

「狩り」シリーズでは、ほとんどすべてといってもよいぐらい、さまざまな事件の背後で暗躍している鳥居耀蔵はシリーズ最大の悪、影二郎グループの敵である。実際に影二郎と対面したのは『妖怪狩り』のみ。鳥居が江川太郎左衛門を捕縛に本所深川の江川邸に赴いた際、影二郎がその裏をかき、鳥居と取引きをする。

また、『秋帆狩り』では「十文甘味あらし山」を訪ね、影二郎に不審を抱かせている。

遠山《とおやま》左衛門尉《さえもんのじょう》景元《かげもと》

遠山金四郎こと遠山左衛門尉景元は、勘定奉行ののち北町奉行。伝法な口調にざっくばらんな人柄、水野忠邦の改革にあたっては穏健派であり、庶民の味方として人気がある。従来の時代劇でのイメージどおり、「狩り」シリーズでも、変装してお忍びで江戸の街を実際に歩き、庶民の暮らしぶりを間近に見る……と「金さん」らしい行動をとる。

影二郎との初対面は『妖怪狩り』。奥会津から持ち帰った品を遠山に手渡したのが最初。常磐秀信の身の安全について影二郎に助言を与えたり、七代目団十郎のボディガードを依頼したりと、以後、しばしばお忍び姿で、江戸市中で影二郎と出会い、協力関係を築いていく。

みよ

『八州狩り』で、武州中瀬村の利根川沿いで影二郎が出会った百姓の娘。年の頃は十五、六、鄙《ひな》にはまれな美しい娘だが、その器量のよさに目をつけられ、借金のかたに荒熊の千吉の手下に追われていたところを、影二郎が助けてやった。叔母の働く日光の旅籠《はたご》「いろは」まで影二郎が送り届ける道中、国定忠治と会えるよう計らってくれ、のちには八州廻り始末旅の最中の影二郎に危難を知らせるために那珂湊まで足を運んでもいる。

『忠治狩り』で六年ぶりにいろはで再会したみよは、見目麗しく成長。その年の春にいろはの伜の光太郎と所帯をもち、幸せな日々を過ごしていた。

市兵衛《いちべえ》長屋《ながや》の住人たち

影二郎の住む浅草三好町の市兵衛長屋。住人たちは、つましいながらもエネルギーにあふれた、いかにも「江戸の庶民」という面々。影二郎の隣りに住む杉次は青物の棒手振り商い、その女房のおはるは影二郎やあかの世話を焼いてくれる。下駄の歯入れ屋が吉造で、その女房のお六婆さんは少し耳が遠くなっているが、あかとは不思議と意思の疎通が図れているようだ。ほかに、大家の市兵衛、大工の留三と女房のきね、おたつ、『役者狩り』で影二郎の左隣りに越してきたあだっぽい女、おけいなど。

三蔵《さんぞう》

長屋の近所の一膳飯屋の主。女房はおくま。自作した川床の「奥座敷」が自慢。夏は川風で涼しく、冬はこたつで暖かく過ごせる。影二郎が、長屋を訪ねてきた遠山金四郎や江川太郎左衛門と話をする際にこの奥座敷を使っている。

玉之助《たまのすけ》、小菊《こぎく》

芝居町の堺町に暮らす姉弟。姉の小菊は十八、九歳。女浄瑠璃師で「杵屋文字菊」を名乗るが、贅沢禁止令で女浄瑠璃が禁じられたため、天ぷら屋で働く。小柄で細身、おきゃんで物怖じしない性格。弟の玉之助は十三、四歳、こまっしゃくれて口が達者。玉之助が御用聞きにちょっかいを出して怒らせたところを、影二郎に助けられたことから知り合いになる。『役者狩り』で影二郎を戯作者の五世鶴屋南北に引き合わせたり、『秋帆狩り』では拉致された中村座頭取（勘三郎）救出に動いたり、といった働きを見せている。

万代修理之助《まんだいしゅりのすけ》、おかよ

『秋帆狩り』で、影二郎と若菜が下谷御徒町の朝顔市で知り合った姉弟。御家人御徒十二番組の徒衆である父・次三郎が病に倒れ、その薬代のために母のせきが丹精した朝顔を売りに出そうとして、やくざ者にからまれたところを、影二郎に救われる。姉のおかよが十二、三歳、姉弟二人とも年に似合わぬしっかり者だ。その後、「十文甘味あらし山」におかよが奉公することになる。

勢左衛門《せいざえもん》

日光七里村の名主。『八州狩り』で、二荒山の賭場に入れるよう計らったり、荒熊の千吉からみよを匿ったりと、影二郎の旅に協力してくれる。若き日の常磐秀信が奥日光へ温泉旅にやってきた際に知り合ったことからの縁。『妖怪狩り』では、影二郎が奥会津へ向かう前に勢左衛門のもとを訪れ、南山御蔵入の情報を教えてもらっている。

内海六太夫《うつみろくだゆう》

川越藩元年寄で、現在は隠居の身。『八州狩り』で、影二郎を若菜の働く酒屋「鍵屋」へと案内する。萌、若菜の父・赤間乗克とは碁仲間であった。『鉄砲狩り』では、藩の内情や、川越に運び込まれた鉄砲の行方などの情報を教えてくれる。

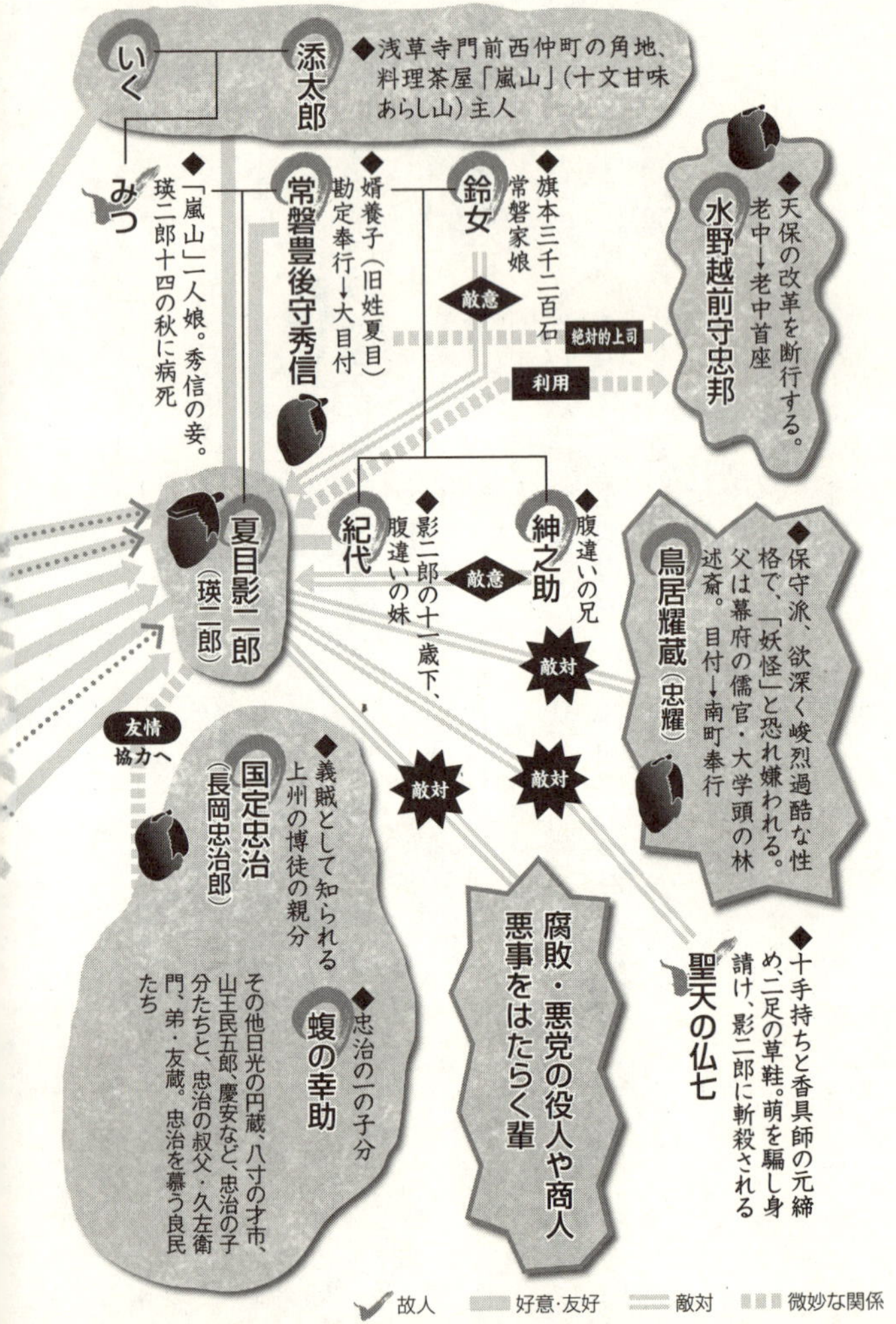

いく
添太郎
◆浅草寺門前西仲町の角地、料理茶屋「嵐山」(十文甘味あらし山)主人
みつ
◆「嵐山」一人娘。秀信の妾。瑛二郎十四の秋に病死
常磐豊後守秀信
◆婿養子(旧姓夏目)勘定奉行→大目付
鈴女
◆旗本三千二百石常磐家娘
敵意
絶対的上司
利用
水野越前守忠邦
◆天保の改革を断行する。老中→老中首座
夏目影二郎(瑛二郎)
紀代
◆影二郎の十一歳下、腹違いの妹
紳之助
◆腹違いの兄
敵意
鳥居耀蔵(忠耀)
◆保守派、欲深く峻烈過酷な性格で、「妖怪」と恐れ嫌われる。父は幕府の儒官・大学頭の林述斎。目付→南町奉行
敵対
敵対
敵対
友情
協力へ
国定忠治(長岡忠治郎)
◆義賊として知られる上州の博徒の親分
蝮の幸助
◆忠治の一の子分
その他日光の円蔵、八寸の才市、山王民五郎、慶安など、忠治の子分たちと、忠治の叔父・久左衛門、弟・友蔵。忠治を慕う良民たち
腐敗・悪党の役人や商人
悪事をはたらく輩
聖天の仏七
◆十手持ちと香具師の元締め、二足の草鞋。萌を騙し身請け、影二郎に斬殺される
故人
好意・友好
敵対
微妙な関係

影二郎をめぐる相関図

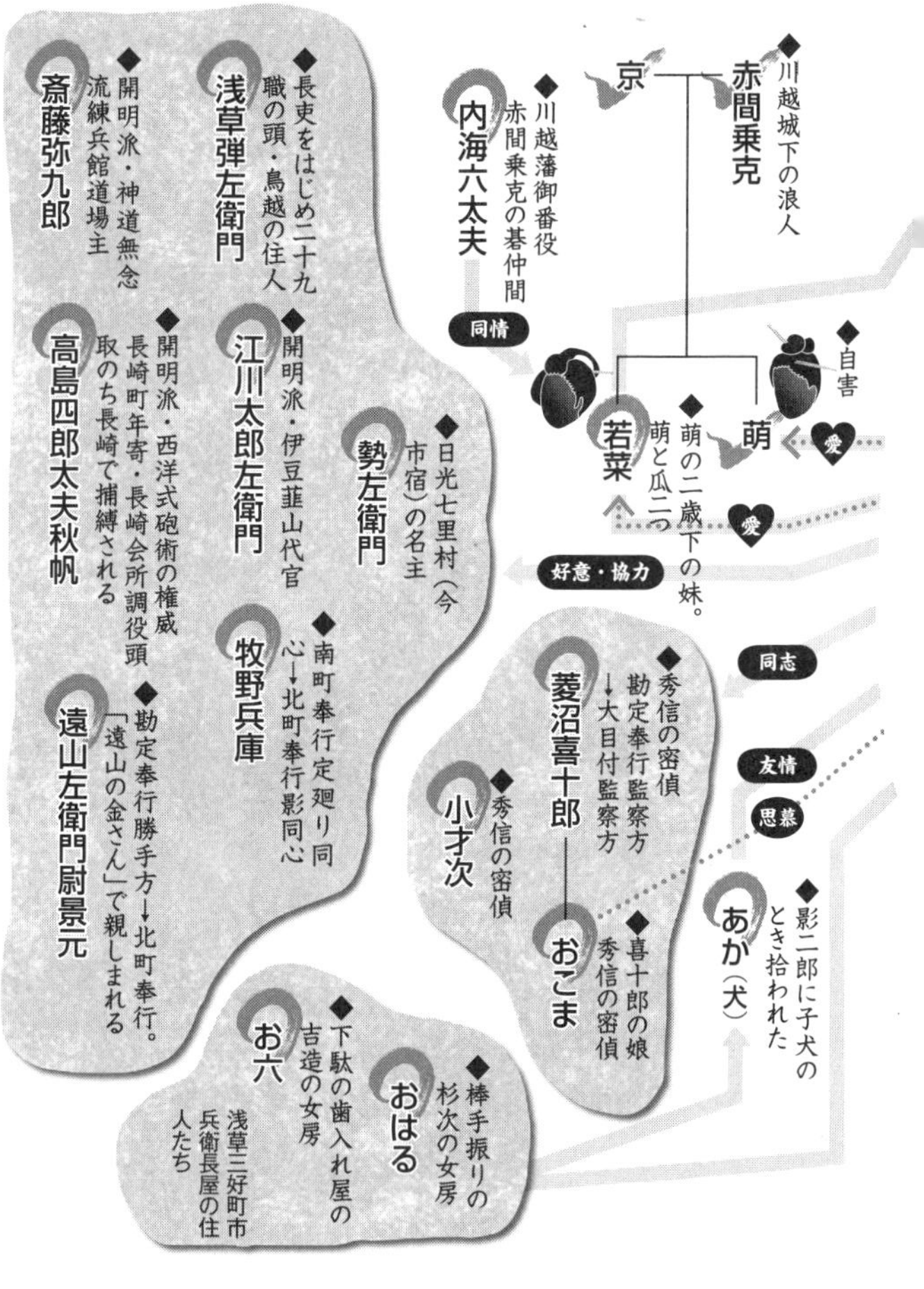
京
赤間乗克
◆川越城下の浪人
内海六太夫
◆川越藩御番役
赤間乗克の碁仲間
同情
萌
◆自害
若菜
◆萌の二歳下の妹。
萌と瓜二つ
愛
愛
好意・協力
浅草弾左衛門
◆長吏をはじめ二十九職の頭・鳥越の住人
斎藤弥九郎
◆開明派・神道無念流練兵館道場主
勢左衛門
◆日光七里村(今市宿)の名主
江川太郎左衛門
◆開明派・伊豆韮山代官
高島四郎太夫秋帆
◆開明派・西洋式砲術の権威
長崎町年寄・長崎会所調役頭取のち長崎で捕縛される
牧野兵庫
◆南町奉行定廻り同心→北町奉行影同心
遠山左衛門尉景元
◆勘定奉行勝手方→北町奉行。
「遠山の金さん」で親しまれる
同志
友情
思慕
菱沼喜十郎
◆秀信の密偵
勘定奉行監察方
→大目付監察方
小才次
◆秀信の密偵
おこま
◆喜十郎の娘
秀信の密偵
あか(犬)
◆影二郎に子犬のとき拾われた
おはる
◆棒手振りの杉次の女房
お六
◆下駄の歯入れ屋の吉造の女房
浅草三好町市兵衛長屋の住人たち

愛犬「あか」と影二郎を助ける動物たち

影二郎と動物たちとの交流はシリーズの魅力の一つ。とくに犬や馬との相性がいい。気持ちを通わせた賢い動物たちは、影二郎の意を汲んで行動し、助けてくれる。

◎あか

なんといっても「あか」。怪しい気配を感じ取ると背の毛を逆立てて唸ったり、襲来した敵の足首に噛みついて刃や短筒の狙いを外させたり、かどわかし犯の跡をつけたり、と、行く先々で常に影二郎たちを助けて大活躍する赤毛の犬……「狩り」シリーズを楽しませてくれる名バイプレーヤーだ。

『八州狩り』の初登場時は、「すでに息絶えた三匹の兄弟の体の上で、鼠色の子犬だけが弱々しい鳴き声を上げて」いたという、か弱く愛らしい幼犬だった「あか」も、『破牢狩り』で二年半を経るころには、「すでに体重五貫（約十九キロ）余りの成犬」へとすくすくと成長。影二郎の旅には欠かせないパートナーとなった。

「あか」という名の由来は、「こいつは産毛が生え変わると赤毛になる」という影二郎の言葉のとおり、毛の色から。茶色の毛並み（「赤犬」とは茶毛種のこと）、がっしりとした四肢に巻き尻尾。特徴からイメージすると、頑強で勇敢、主人には忠実でおだやかな性格の紀州犬か。時には船酔いしたり夏バテしたりすることもあるが、汁かけ飯から鮭の骨まで好き嫌いなく何でも食べ、影二郎に負けず劣らぬ健脚を誇る、健康優良犬である。

影二郎とは以心伝心で性格もきわめて良好。敵、味方となる人物を瞬時に見抜ける賢さがあり、敵には危険も顧みず勇敢に立ち向かい、反対に味方には人懐っこい。とくに、いっしょに旅をするおこまや、面倒を見てくれる若菜などにはよく懐いており、尻尾をぶんぶんと振って甘えるしぐさも見せる。また、影二郎の暮らす市兵衛長屋の住人にもかわいがられており、長屋の番犬の役割を果たしている。なかでも、棒手振りの杉次の女房おはるや下駄の歯入れ屋の吉造の女房お六ばあ様と仲がいい。

◎あか以外の犬たち

あか以外にも影二郎を助ける犬は多い。『百鬼狩り』登場の、唐津の蘭学医師・埴生流之助の飼い犬「巻八《まきはち》」。影二郎たちの道案内をしたり、船に乗ったりするなど、この旅では不在の「あか」もかくやの活躍ぶりを見せる。『五家狩り』では、名古屋の流れ宿の飯炊き・真七郎が飼う黒犬の「雷《いかずち》」や、犬山の流れ宿で飼われている斑犬の「武蔵《たけぞう》」が登場する。影二郎と犬たちの愛ある交流はほほえましい。

◎馬

犬以外では馬も活躍する。『下忍狩り』で、馬方の三吉少年とともに奥州路を旅した「あお」は、その悲劇的な最期が深い印象を残す。『忠治狩り』で、雪中の羽州街道下りで獅子奮迅の働きをした「アオ」の勇姿も忘れられない。

動物たちは、影二郎の「狩り」の旅と戦いをさらに魅力的にする大切な存在だ。

佐伯泰英「狩り」シリーズ全作品

解説●細谷正充

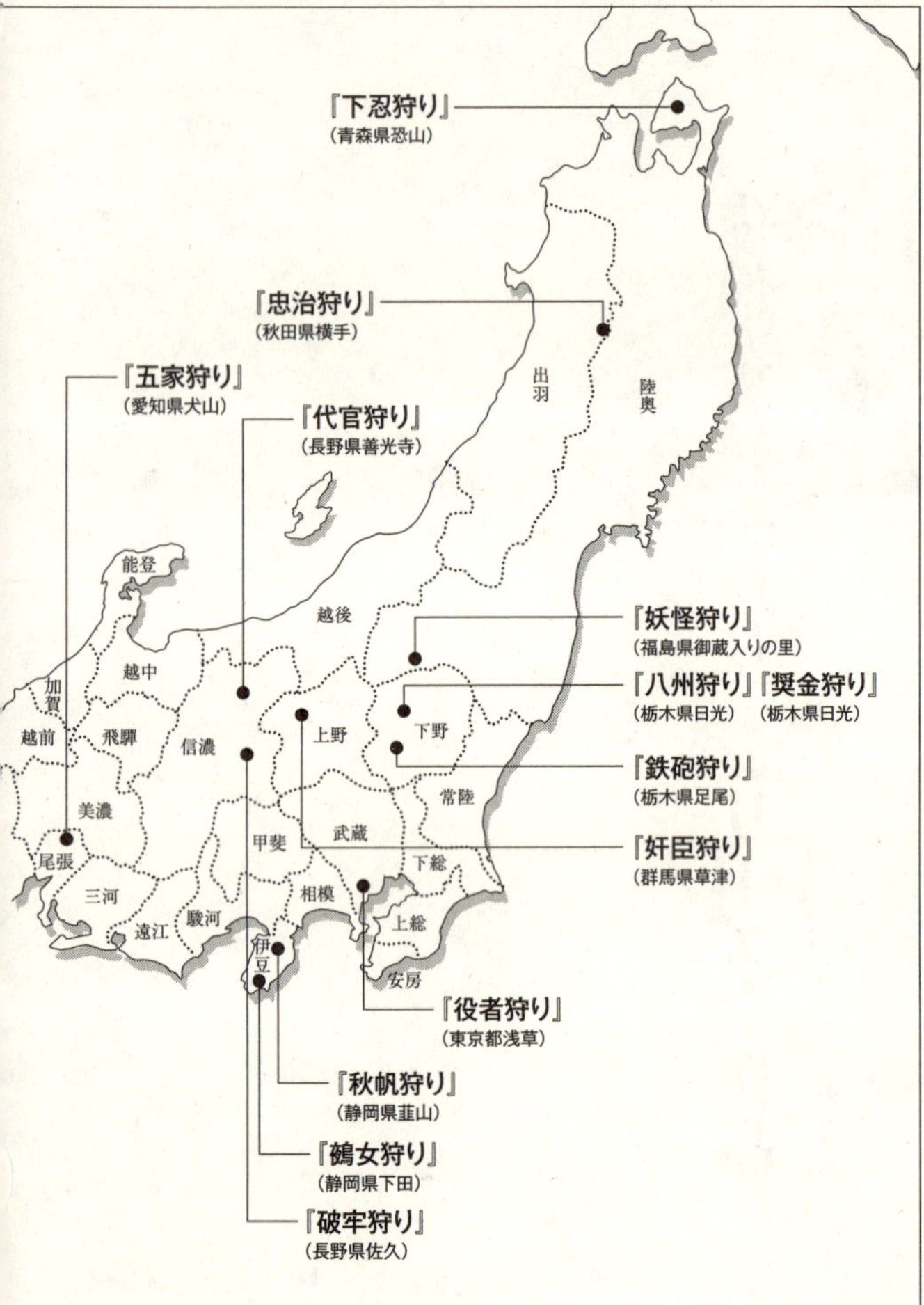

『下忍狩り』
（青森県恐山）
『忠治狩り』
（秋田県横手）
『五家狩り』
（愛知県犬山）
『代官狩り』
（長野県善光寺）
『妖怪狩り』
（福島県御蔵入りの里）
『八州狩り』『奨金狩り』
（栃木県日光）（栃木県日光）
『鉄砲狩り』
（栃木県足尾）
『奸臣狩り』
（群馬県草津）
『役者狩り』
（東京都浅草）
『秋帆狩り』
（静岡県韮山）
『鵺女狩り』
（静岡県下田）
『破牢狩り』
（長野県佐久）
出羽
陸奥
能登
越後
越中
加賀
越前
飛騨
信濃
上野
下野
常陸
美濃
武蔵
甲斐
尾張
下総
三河
相模
遠江
駿河
上総
伊豆
安房

夏目影二郎始末旅 足跡

N
『百鬼狩り』
(佐賀県唐津)
隠岐
対馬
出雲
伯耆
因幡
但馬
丹後
若狭
石見
美作
長門
周防
安芸
備後
備中
備前
播磨
丹波
摂津
山城
近江
筑前
豊前
肥前
筑後
讃岐
大坂
和泉
河内
伊賀
伊予
豊後
土佐
阿波
大和
伊勢
肥後
志摩
紀伊
日向
薩摩
大隅

八州狩り

二〇〇三年十一月二十日　光文社文庫

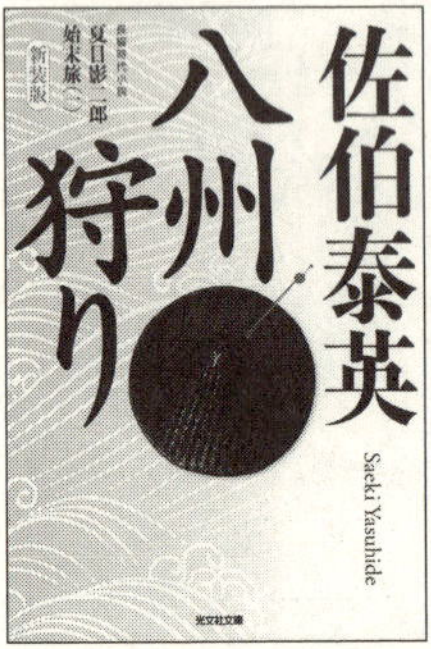

　夏目影二郎は、江戸の桃井道場で師範代まで務め「位の桃井に鬼がいる……」といわれた、鏡新明智流の達人である。しかし実父・常磐豊後守秀信との確執から無頼の徒になり、愛する女・萌を死に追いやった十手持ちを斬り捨て、遠島になることが決まった。それを助けたのが、勘定奉行に就任した、影二郎の父である。息子を愛し、また腕前を見込んだ秀信は、影二郎に密命を授ける。腐敗した八州廻りの始末と、博徒・国定忠治と通じている者の探索である。

　旅先でひろった〝あか〟という子犬を道連れに、関八州を行く影二郎は、腐敗した八州廻りとの対決を繰り広げる。そこに、国定忠治・二宮尊徳・藤田東湖・江川太郎左衛門など、歴史上の有名人が絡まり、ストーリーは意外な方向に転がっていく。魅力的な主人公。スピーディーな展開。迫力満点のチャンバラ。旅先での人々との触れ合い。しだいに明らかになる巨大な陰謀……。シリーズの特色は、第一弾で、すでに完成されていた。夏目影二郎の血風吹き荒ぶ旅は、ここから始まる。

代官狩り

二〇〇四年四月二十日　光文社文庫

深川蛤町の悪所で、勘定奉行所配下の男が殺された。父・秀信の命により、一件の調査を始めた夏目影二郎は、天領内の不正疑惑をつかむ。さらに、信濃路に向かった八州廻りが、消息不明になるという事件も発生。謎を解き明かし、悪を断つため、影二郎は中山道を行く。

　一文字笠に、惚れた女の形見の唐かんざし。攻防自在の南蛮外衣。腰には大薙刀を鍛え直した、法城寺佐常二尺五寸三分。はやくもお馴染みとなった格好で、街道を歩む影二郎。そんな彼に襲いかかるのは、七坊主と呼ばれる殺人集団だ。何度も繰り返されるチャンバラは、もの凄い迫力である。

　また、脇役の面々も見逃せない。影二郎を慕う、萌の妹の若菜。江戸の闇を仕切る浅草弾左衛門。第一弾の『八州狩り』では顔見せ程度の彼らが、より深く物語にかかわってくる。そして勘定奉行に仕える監察方・菱沼喜十郎と、娘のおこまが登場。影二郎と一緒に、死線を潜り抜ける。脇役陣の充実により、シリーズの楽しさが、ぐんと増したのだ。

破牢狩り

二〇〇一年五月二十日　文庫書下ろし　光文社文庫

天保十年。近《ちか》火《び》切放《きりはなし》により、江戸伝馬町の牢内から囚人が解放された。三日だけの自由を満喫する囚人たち。だが帰参の日が来ても、六人が戻らなかった。その六人の中に、公金横領の罪で捕まっていた、元御勘定所道中方の伊丹主馬がいた。父・秀信の命により、伊丹たちの行方と、消えた公金十万両の行方を追い、夏目影二郎は五街道を行く。

豪剣一閃！　逃げる伊丹たちを追いながら、五街道に蔓延《はびこ》る悪を討つ、影二郎の活躍が痛快だ。敵味方が入り乱れてのチャンバラは、手に汗にぎる面白さである。

さらに事件の黒幕の意外な正体、消えた十万両の行方など、ミステリーの趣向が強く打ち出されている点も要チェックである。なかでも十万両の隠し場所には感心させられた。シリーズの中でも、特にミステリー色の強い一冊なのだ。

また、影二郎の私生活に目を向ければ、ついに本書で、若菜と結ばれた。無頼な心を抱えた主人公が、これによりどう変わっていくのか。シリーズへの興味は尽きない。

妖怪狩り

二〇〇一年十一月二十日 文庫書下ろし 光文社文庫

屋敷が隣同士であることから、親しく行き来をしている常磐豊後守秀信と、伊豆韮山代官の江川太郎左衛門英龍。その英龍が、江戸湾防備の件で対立した御目付・鳥居耀蔵に狙われた。英龍の身を案じる秀信は、夏目影二郎に、それとなくこの事実を伝える。

そんな折、第一弾『八州狩り』から、影二郎と縁の深い国定忠治一味に、江戸で押し込み強盗を働いたという容疑がかけられた。忠治の無実を信じる影二郎は上州へ飛ぶ。そこで彼は、事件の裏に隠された、耀蔵の恐るべき陰謀をつかむのだった。

第四弾となる本書では、ついに天保時代の暗黒面を代表する有名人が登場。江戸の人々に、畏怖を込めて〝妖怪〟と呼ばれた、あの鳥居耀蔵である。

シリーズ最強にして最凶の敵役の初登場により、物語もヒートアップ。妖怪の狙う隠れ里で、影二郎・国定一味・村人たちが一丸となって繰り広げる攻防戦は、もの凄い迫力だ。興奮必至の面白さなのである。

百鬼狩り

二〇〇二年五月二十日　文庫書下ろし　光文社文庫

　第五弾となる本書で、シリーズは新たな展開を迎える。そう、ついに夏目影二郎が、関八州を飛び出したのだ。

　老中・水野忠邦が唐津藩主時代に寵愛した女性・お歌が、ひそかに彼の子供を産み、育てていた。お歌の手紙でその事実を知った忠邦は、スキャンダルを怖れ、夏目影二郎に息子を斬るように命じる。しぶしぶ、これを引き受けた影二郎は、菱沼喜十郎・おこま父娘と共に、唐津に向かう。だが唐津では、百鬼水軍という海賊が横行していた。一連の事件の裏に、陰謀があることを察知した影二郎は、真実を追って、さらに長崎を目指す。

　思いもかけぬ陰謀。旅先での交誼《こうぎ》。迫力満点のチャンバラ・シーン。いつものシリーズの魅力に加え、スケールアップした舞台が、さらに本書を面白い作品にしている。唐津から長崎へ。船に弱いおこまには気の毒だが、海を舞台にしたストーリーが、たっぷりと楽しめるのだ。これから夏目影二郎の活躍の場は、どこまで広がるのか。本書によってシリーズは、新たなステージに突入した。

下忍狩り

二〇〇二年十一月二十日 文庫書下ろし 光文社文庫

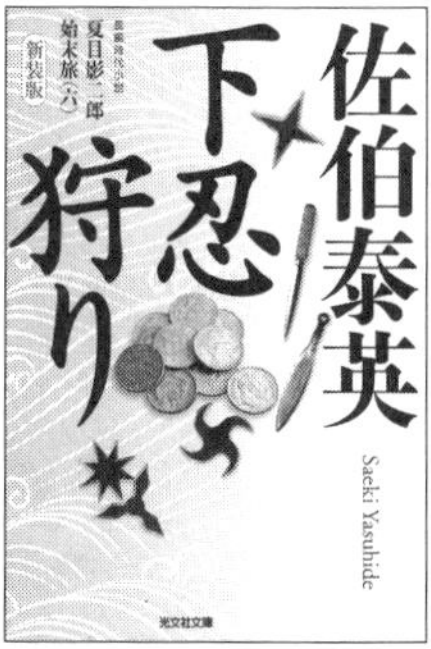

大目付に昇進した父・常磐豊後守秀信を、屋敷に送る途中、夏目影二郎は事件に遭遇した。勤番侍に追われていた巫女姿の女は影二郎の眼前で襲われ、その後、死体となって発見された。侍たちの言動から察するに、争っていたのは、南部盛岡藩と津軽弘前藩らしい。しかも津軽は、騒動を知った秀信を始末すべく、屋敷に火を付けようとした。争いの原因を突き止め、事を治める影二郎は、愛犬のあか、菱沼喜十郎・おこま父娘と共に、北を目指す。

南部・津軽の忍者や、強大な異能をもつ黒イタコなど、本書の敵は曲者揃い。ついには黒イタコの能力によって火炎地獄と化した恐山で、熾烈な闘いに突入する。北の大地を血に染める、影二郎の鏡新明智流の豪剣が、身震いするほど格好いい。

そして南部と津軽の争いの原因が、当時の世界情勢を視野に収めたワールドワイドなものになっている点も見逃せない。世界の潮流がヒタヒタ押し寄せる、江戸後期の日本の揺らぎが、主人公の活躍を通じて浮き彫りにされるのである。

五家狩り

二〇〇三年六月二十日　文庫書下ろし　光文社文庫

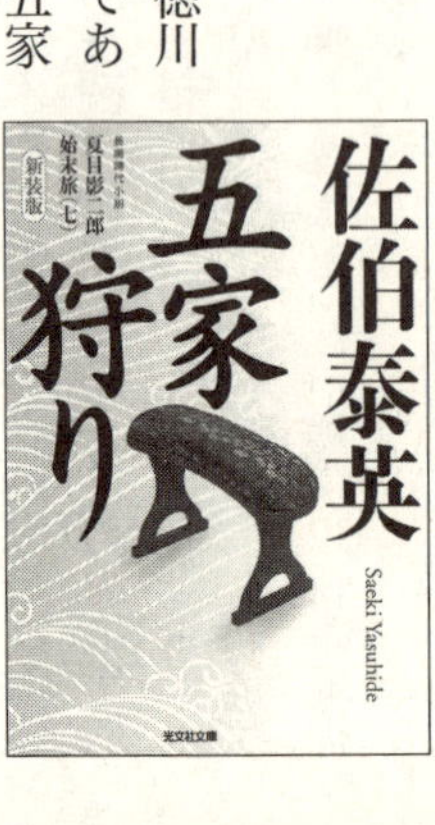

本書のタイトルにある〝五家〟とは何か？　それは徳川家康により定められた御三家御付家老の家系のことである。尾張に二家、紀伊に二家、水戸に一家。合わせて五家になることから、この家系はいつからか五家と呼ばれるようになった。その五家が大名に昇格すべく独立運動を展開。水面下で、尾張藩と、御付家老の成瀬隼人正が、激しい闘争を続けていた。しかし強気に出る五家の裏には黒幕がいるらしい。事態を沈静化すべく、夏目影二郎は尾張に潜入する。

その立場から権力の走狗と思われがちな影二郎だが、無頼の魂は失われていない。「千代田城の狗になった覚えはない」と言い放ち、己の信じた仲間たちと共に、剣を振るうのだ。権力者の思惑など歯牙にもかけぬ、影二郎の活躍が痛快である。

一方、妹・紀代の頼みで許婚の危機を救うなど、プライベートな事件が描かれているのも、本書の留意すべきポイントだろう。主人公の周囲の人々が、よりはっきりと表現されるようになってきたのだ。

鉄砲狩り

二〇〇四年十月二十日

文庫書下ろし

光文社文庫

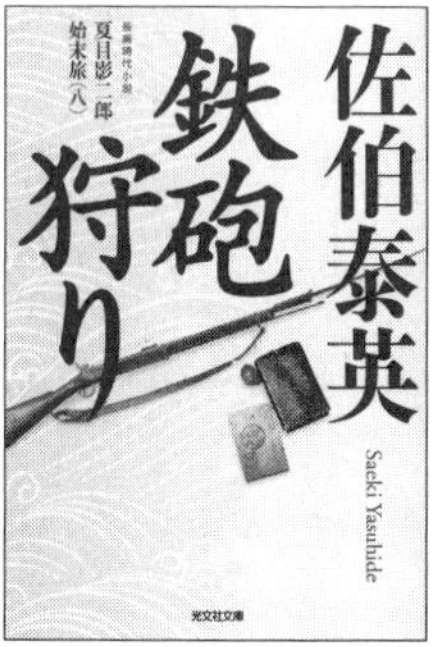

天保十二年、高島秋帆が武蔵国徳丸ヶ原で行った鉄砲演習は、幕府の度肝を抜く、大成功をおさめた。しかし、その演習中に、十挺の鉄砲と設計図が盗まれる事件が発生。どうやら裏で、南町奉行になった鳥居耀蔵が糸を引いているらしい。萌の両親の墓に参るため、若菜と共に川越に赴いた夏目影二郎は、父・秀信の命を受け、探索に乗り出す。だが事件に絡まり、若菜がかどわかされてしまった。愛する者の危機に、影二郎の怒りが爆発する。

若菜を攫われたことで、影二郎の豪剣は、常にも増して冴えわたる。若菜の行方を追って、各地で繰り広げられる剣戟。そして神田お玉が池の北辰一刀流千葉道場で「幻の剣客」と呼ばれた経徳桜次郎との死闘と、ページを繰る手が止まらない！

また、このところ留守番ばかりだった愛犬のあかが、久しぶりに旅路に同行。影二郎が関八州を飛び出してから出番のなかった国定忠治一味も再登場と、シリーズのファンには嬉しい一冊となった。

奸《かん》臣《しん》狩り

二〇〇五年五月二十日　文庫書下ろし　光文社文庫

天保の改革の嵐は、夏目影二郎の周囲にも吹き始めた。祖父母と若菜が切り盛りする浅草の料理茶屋が、商い停止になったのだ。慌ててもしかたがないと、家族と共に、草津に湯治に出かけた影二郎は、国定忠治一味を危難から救った。そして戻った江戸で、驚くべきニュースが飛び込む。父・常磐豊後守秀信が、鳥居耀蔵と対立し、大目付を罷免されたのだ。父の身を心配する影二郎を狙い、妖怪配下の猿面冠者の一団と、謎の比丘尼集団が襲いかかるのだった。

父親の大目付罷免により、影二郎たちと鳥居耀蔵の暗闘も、いよいよ熾烈になってきた。エスカレートする〝妖怪〟の魔手に、敢然と立ち向かう影二郎、それが、本書の読みどころといえるだろう。

そしてタイトルにある〝奸臣〟とは誰か。時代小説を読み慣れた人なら、なるほどあの人物かと、膝を叩くこと請け合いである。天保時代の実在の事件や人物を、主人公と絡ませる。ここもシリーズの大きな魅力なのだ。

役者狩り

二〇〇六年一月二十日 文庫書下ろし 光文社文庫

ついにシリーズも二桁に突入。記念すべき第十弾は、一際、異彩を放っている。なにしろ〝旅〟が重要な読みどころなのに、肝心の夏目影二郎が、ほとんど江戸から動かないのだ。まさに予想外の展開である。

しかし、スケールの点では、他のシリーズ作品に、勝るとも劣らない。歌舞伎役者・七代目市川団十郎の護衛を、遠山の金さんこと北町奉行・遠山景元から頼まれた影二郎は、やがて、謎の大商人が品川沖に築いた海城の秘密を知る。そこには大掛かりな陰謀があったのだ。

荒唐無稽でありながら、どこかリアリティを感じさせる陰謀も凄いが、それを潰す影二郎の方法はもっと凄い！ なんと、浅草弾左衛門から預かった二百人を率いて、その海城に乗り込んだのだ。敵味方数百人が入り乱れての戦いは、もはや戦争である。

さらにラストには、団十郎絡みの、心憎い殺陣《たて》が控えている。チャンバラ・ファン、大満足の傑作なのだ。

秋《しゅう》帆《はん》狩り

二〇〇六年十月二十日　文庫書下ろし　光文社文庫

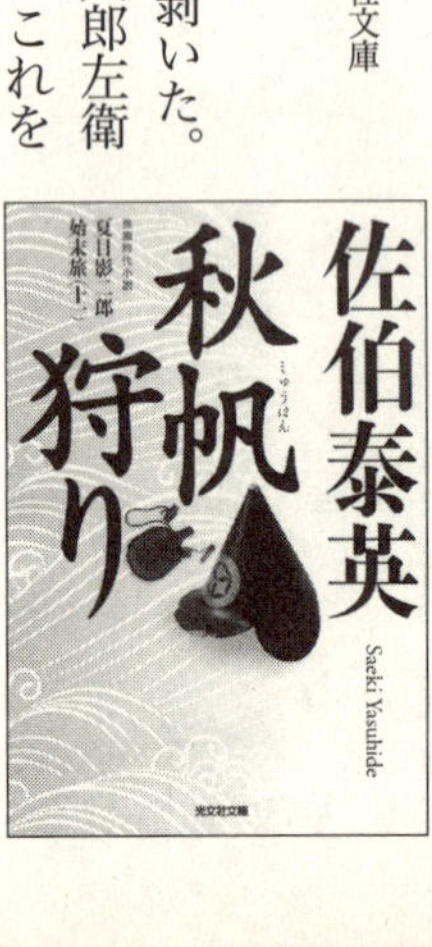

蘭学嫌いの鳥居耀蔵が、とうとう高島秋帆に牙を剥いた。秋帆から西洋式砲術を習う伊豆韮山の代官・江川太郎左衛門英龍は、秋帆の護衛を旧知の夏目影二郎に依頼。これを引き受けた影二郎だが、〝妖怪〟が秋帆に追捕隊を放った。しかもその中には「士学館の虎」と呼ばれた影二郎の兄弟子がいたのだ。激しい攻防戦の果てに、ついに同門対決の刻がきた！

以前のシリーズでも同門対決はあったが、相手は影二郎の足元にも及ばぬ腕だった。しかし、本書の相手・串木野虎之輔は違う。凄腕の剣客なのである。鏡新明智流対鏡新明智流。豪剣相打つ同門対決に、ドキドキハラハラしてしまうのである。

この他にも、朝顔売りの姉弟を助ける、爽やかなエピソード。阿片戦争の結果を踏まえながら、世界に目を開く者と背ける者の違いを、鮮やかに表現した海戦。影二郎と双子剣客との斬り合い、と内容は盛りだくさん。痛快シリーズの楽しみが、たっぷりと詰まっているのだ。

鵺女《ぬえめ》狩り

二〇〇七年十月二十日　文庫書下ろし　光文社文庫

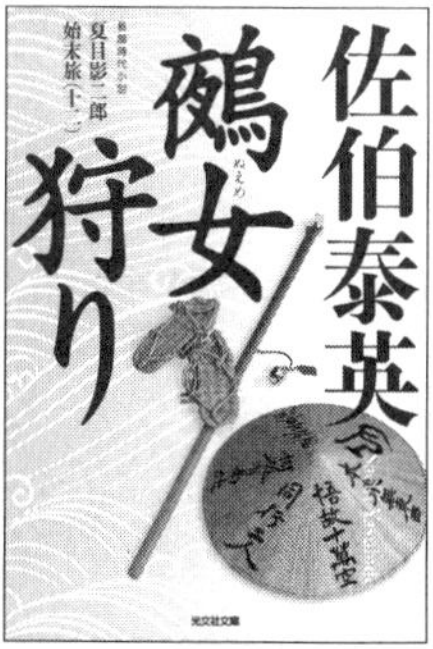

北は恐山から、南は長崎まで、日本を股にかける夏目影二郎だが、今回の旅はいささか異色であった。

筆頭大目付となった父・常磐秀信から、伊豆の遍路参りをする自分に同道してほしいと頼まれたのだ。もちろん裏があるらしく、旅立ち早々から、影二郎たちは何度も襲撃を受ける。そして宿敵・鳥居耀蔵に雇われ、京都の千年の闇から這いだしてきた刑部《おさかべ》鵺女一統と、激しい闘いを繰り広げるのだった。

初めての父子の旅で、影二郎と秀信は、しだいに肉親の情を深めていく。互いに響き合う、父と子の温かな関係が、本書の読みどころのひとつとなっている。

もちろんチャンバラも絶品。最初から最後まで、影二郎の豪剣が、縦横に振るわれているのだ。さらにラストの刑部鵺女一統との対決では、世界に目を開く者と背ける者の違いまで表現。チャンバラ・シーンで作品のテーマを描き切るという、離れ業をやってのけたのである。

忠治狩り

二〇〇八年七月二十日　文庫書下ろし　光文社文庫

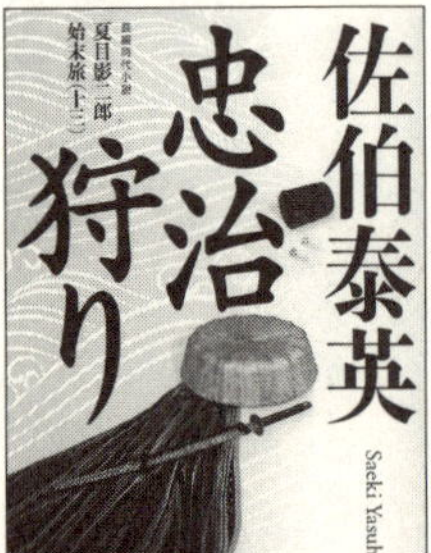

「狩り」シリーズには、魅力的な脇役が何人もいるが、その中でも特に重要なのが国定忠治であろう。第一弾『八州狩り』から登場し、シリーズの要所要所で活躍しては場面をさらっていったものである。そんな忠治に危機が迫る。

軍師格の日光の円蔵は処刑され、ひとり、奥州路へ向かったというのだ。上州無宿の参次から、これを知らされた夏目影二郎は、忠治の姿を追う。信用できない案内人。本腰を入れて忠治を捕えようとする八州廻り。襲い来る、赤装束の女忍び集団……。さまざまな思惑の交叉する旅路に、影二郎の剣がきらめく。

豪剣で敵を倒す影二郎の活躍にワクワクする一方、彼が忠治との盟約を果たすのかどうか、気になってしかたがない。いままでの巻で積み重ねてきた影二郎と忠治の深い絆が、物語を盛り上げるのだ。その他にも『八州狩り』に登場した、みよと再会するなど、シリーズ物ならではの読みどころが、ぎっしり詰まっている。ファン・サービスに満ちた、充実の一冊だ。

奨金《しょうきん》狩り

二〇〇九年十月二十日 文庫書下ろし 光文社文庫

父親の常磐豊後守秀信から、新たな使命が夏目影二郎に下された。将軍・徳川家慶の日光社参を控え、生存の噂の絶えない国定忠治の影を、上州から消し去りたいというのだ。だがこれは表向き。秀信から託された書付にあった、石動万朔《いするぎまんさく》という八州廻りに影二郎は注目する。石動は、八州廻りでありながら、秘密組織の御用も務め、誰からも恐れられているらしい。さらに怪しい公家の一行、幽鬼剣客など、狐狸妖怪が上州に集結。何者かによって五百両の奨金首となった影二郎は、激しい闘いを繰り広げながら、巨大な陰謀に肉薄していくのだった。

八州狩り、再び。「狩り」シリーズの記念すべき第一弾を彷彿させるように、夏目影二郎は、腐敗した八州廻りを追う。しかし、七年の月日は、いろいろなものを変えていた。幕府の権威はさらに衰微し、国定一家も崩壊したのである。また、八州廻りの裏に控えた陰謀も、幕府の根幹を揺るがす、驚くべきものだ。舞台こそ原点回帰だが、それゆえに、シリーズが遠くまで来たことが実感できるのである。

「狩り」シリーズ・影二郎年表

【年月日・季節】※月日は陰暦	【出来事】	リアル対応 ●日本史・＊世界史（月日・世界史のみ陽暦）
■文化九年（一八一二）	「影二郎」誕生。両親は、無役の旗本常磐秀信とその妾で浅草の料理茶屋「嵐山」の一人娘・みつ。武士・夏目（秀信の旧姓）瑛二郎として、下谷同朋町の妾宅で育てられる。	＊ナポレオン二世誕生、ナポレオン一世時代末期。 ●幕府、国後島でロシア人艦長ゴローニンら八名を捕え抑留。二年後、ロシアに捕われた高田屋嘉兵衛の尽力で、両者交換で解放。
■文政二年（一八一九）	瑛二郎八歳。鏡新明智流桃井春蔵の道場で剣術修行を始める。	
■文政八年（一八二五）	十四歳の秋、流行病で母・みつ死去。本所の常磐家に引き取られる。	●異国船打払令発布。
■文政九年（一八二六）	養母・異母兄と折り合いが悪く、一年足らずで常磐家を出て母の実家「嵐山」に。このときから「瑛」を「影」とし、影二郎を名乗る。酒、女、博奕と、一通りの遊びを覚え、豪気な金遣いと腕っぷしの強さで、	

浅草界隈で知られた存在となる。

■文政十二年（一八二九）

十八歳。剣術の上達は著しく、三代目桃井春蔵直雄すら三本に一本はとられることもあるほど。「位の桃井に鬼がいる……」と評判になる。

■天保五年（一八三四）

吉原の遊女・萌と出会い、嫁とすることを約束。二十三歳の春、剣術の道場主・二代目桃井春蔵直一から三代目の妹・おふくとの結婚と跡目相続をもちかけられる。父・秀信の人生への干渉に抵抗。これを境に桃井道場から離れる。

■天保六年（一八三五）

萌が、香具師の元締めと十手持ちの二足の草鞋を履く聖天の仏七に騙され身請けされる。半年後、萌は唐かんざしで喉を突いて自害。

■天保七年（一八三六）

五月末

『八州狩り』　聖天の仏七を刺殺。十手持ち殺しの科で入牢する。遠島を待つ影二郎を、勘定奉行となっ

●前年、地図国外持ち出しを図ったとして事件になったシーボルト、この年国外追放。

●水野忠邦老中となる。

●橋本左内、近藤勇生まれる。

●土方歳三、坂本龍馬生まれる。

＊二〜三月、アラモの戦い。伝道所を砦としたテキサス分離独立派とメキシコ共和国軍の激戦。

た父・秀信が、影御用（腐敗した八州廻りの始末）を依頼し、密かに牢から放つ。このとき初めて、萌と瓜二つ、二歳下の妹・若菜と出会う。

六月　上野赤城で蝮の幸助に出会い、赤城砦で初めて国定忠治の姿を見る。

秋　下野桜町で二宮尊徳を助け、隣接する黒塚宿で八州廻り火野（旧姓・八巻）初蔵を始末。

年末　常陸那珂湊。荒天一家と阿字ヶ浦一家の出入りを利用、忠治に五千両をもうけさせる。八州廻り尾坂孔内を始末。

■**天保八年**（一八三七）

正月　水戸。藤田東湖と妹のさやに出会う。八州廻り峰岸平九郎と竹垣権乃丞を始末。春まで、上総から下総へ流れ、八州廻り足木孫十郎を追跡。

●八月、甲州一揆起こる。飢饉に苦しむ農民（犬目宿・現山梨県上野原市）の米穀商に対する実力行使。

梅のころ　川越で若菜と再会。

四月初旬　伊豆戸田。足木孫十郎を始末。

箱根底倉温泉。露天風呂で忠治との交誼を深める。

■天保九年（一八三八）

夏　**『代官狩り』**　父・秀信より、深川蛤町の悪所、極楽島で起こった勘定奉行所帳面方殺害事件捜査の命を受ける。これよりともに戦うことになる密偵・菱沼喜十郎と初めて出会う。

殺害事件から浮かんだ代官・郡代の不正を暴きに信濃路へ。素性を知らぬまま喜十郎の娘・おこまと同行。

●二月十九日、大坂で大塩平八郎の乱起こる。

●モリソン号事件。相模浦賀、薩摩山川で、漂流民送還と通商を求めて入港しようとしたアメリカ船を、異国船打払令によって砲撃・撃退した。

●徳川家慶、第十二代将軍になる。

＊九月四日、モールス信号の電信実験成功。

●緒方洪庵、大坂船場に蘭学塾適塾を開く。

信州中野、越後川浦で不正の代官を始末。

親不知で加賀藩主・前田斉泰を七坊主の襲撃から救う。

飛騨高山の悪徳郡代と共謀の材木伐採の元締を始末。

江戸深川・極楽島で、一連の不正の主犯で大商人の木曾屋甚五郎と共謀の母子を島もろとも始末。

■天保十年（一八三九）

一月十四日　『**破牢狩り**』　影二郎は浅草三好町市兵衛長屋にいる。深夜、伝馬町の牢屋敷で牢内火入り、囚人の切放（一時解放）があった。

十六日　影二郎、若菜と結ばれる。

十七日　切放の囚人の戻り訴えの刻限。六名の破牢が発覚。

●秋、モリソン号事件を契機に高野長英『戊戌夢物語』、渡辺崋山『慎機論』を著わし、幕府の対外政策を批判。

父・秀信より牢内火入り・破牢につながる、大目付までがかかわる道中方の公金横領事件の捜査と破牢者六名の始末を命じられる。

破牢者を追って、武州経由で信州へ。武州十文字峠で、破牢一味、短筒の礼五郎を始末。これより礼五郎の短筒はおこまの武器に。

諏訪湖上、渡し船で、破牢一味、出刃打ちのはつを始末。

早春

下諏訪宿で横領に加担の春見屋駿太郎と破牢一味、常方相左衛門を始末。

天竜下りで浜松宿へ。途中、破牢一味、舞々の無左衛門こと神谷無門を始末。

破牢一味を追って、浜名湖から海路、豆州下田へ。下田からさらに海路を常陸那珂湊、陸路で宇都宮へ。

宇都宮宿で、横領加担の奥州屋武太夫を始末。

弥生半ば（三月中旬）

江戸内藤新宿、追分近くの薬種問屋金峰伊丹で、横領加担の大目付秋水左衛門丞を菱沼喜十郎が、用心棒の剣客尾村眩斎を影二郎が始末。

信州佐久の川上村金峰の里で、横領・破牢一味の主犯格、伊丹主馬を始末。

上野山下・永晶寺の桜満開

江戸伝馬町牢屋敷。破牢一味で横領の影の主犯、鼠の久六こと金峰庸左衛門の罪を暴き、横領された公金を奪還。

陰暦仲夏（五月）

『**妖怪狩り**』江戸で「蛮社の獄」の予兆。父・秀信に、目付鳥居耀蔵の魔手から江川太郎左衛門を守るよう命じられる。

五月十四日

対鳥居耀蔵で、影二郎と浅草弾左衛門同盟を組む。

＊フランス人ダゲール、銀板写真（ダゲレオタイプ）を発明。

●四月十一日、永倉新八生まれる。

●幕府の言論弾圧、蛮社の獄始まる。

梅雨　芝宇田川町で、国定忠治らによる御用達商人、尾張屋儀平一家・奉公人惨殺・強盗事件が起こる。
父・秀信より、国定忠治一味の始末を命じられる。
忠治を探して、上州を経て南山御蔵入へ。

梅雨明け・夏　影二郎、杣人衆の隠れ里・隠れ漆林を守る忠治らと手を組み、鳥居耀蔵の配下、徒目付満田左内の一隊と戦う。満田左内始末。

六月十七日　影二郎、江戸帰着。
偽忠治一味を演じて強盗・殺人を繰り返していた小人目付鈴木田右内（鳥居耀蔵配下）を現行犯で捕捉。
忠治の手で始末。

六月下旬　影二郎、鳥居耀蔵と取引き。江川太郎左衛門と南山御蔵入の隠れ里・隠れ漆林を助ける。

＊六月、アヘン戦争勃発。アヘンの密貿易取り締まりに端を発する清とイギリスの戦い。

＊七月二日、アメリカでアミスタッド号事件起こる。奴隷貿易船でのアフリカ人たちの反乱に始まる裁判は、奴隷廃止への契機となった。

●八月二十日、高杉晋作生まれる。

十二月三日

『百鬼狩り』 老中水野忠邦より、唐津藩主時代の隠し子始末の命を受け、菱沼喜十郎・おこま父娘とともに九州・唐津の旅。

二百石船「常安丸」で、唐津から長崎へ。

百鬼水軍と船戦を繰り返し漂流の末、便船に助けられ長崎入港。

忠邦の残した手紙を武器に、御朱印を手に入れて密貿易を企む隠し子の母・お歌と対面。

銅を満載し、外国へ売る娘を運ぼうとする唐船を、黒色火薬で撃沈。

諏訪神社でお歌と百鬼水軍の頭・劉白絃を始末。

陸路で唐津へ。日見峠で忠邦の隠し子・岸峰邦之助の身を百鬼水軍に託し、命を助ける。

●二日、水野忠邦、老中首座になる。

お歌と共謀していた唐津藩国家老等々力雪鵜の末弟・昭右衛門を始末。

唐津。偽百鬼水軍として藩の若衆を欺いていた国家老の次男・紳次郎と密貿易共謀の商人、和泉屋夏兵衛を始末。進退きわまった雪鵜、割腹自殺。

十二月二十九日

唐津から筑前博多へ。国境の峠で、鳥居耀蔵配下の黒鍬組頭領板倉三郎助を倒す。

■天保十一年（一八四〇）

晩春

『**下忍狩り**』　父・秀信の勘定奉行から大目付への昇進を聞く。

秀信より、積年の争いを続ける南部藩と津軽藩、いずれか、あるいは両藩を改易できる証拠探しを命じられる。

奥州路を北上する。津軽藩は金銭で鳥居耀蔵と結託。影二郎、盛岡で南部藩士毛馬内式部太夫と会い、南部藩救済に乗り出す。

盛岡から北上山地越え、宮古から「陸中丸」でさらに北をめざす。

久慈湊を経由して大畑に上陸。恐山に向かう。

恐山の口寄せで、南部・津軽両藩争いの原因を知る。

オロシャの沈没船の財宝取得にかかわる両藩の船による海戦。次席家老志波忠満と結託、南部藩を牛耳ろうとする御用商人近江屋重左衛門の、財宝を積んだ「陸奥丸」が自沈。

恐山でイタコと対決。

●五代目 市川海老蔵『勧進帳』を初演。

忍び孜々邨譚山入道を始末。イタコ母子の根雪、地嵐死す。

鳥居耀蔵が差し向けた刺客・水戸の三羽鳥を倒す。

十月半ば

『五家狩り』 雑司ヶ谷村の鬼子母神門前。若菜とともに祭り見物。高田四家町の辻で成瀬家の侍二人の殺害事件に遭遇する。

父・秀信より、先の二侍殺害に関する返答とともに、頻発する三つ葉葵紋の辻斬り探索を命じる手紙が届く。

一連の辻斬り犯人、越前福井藩主の血筋松平春次を闇始末。福井藩を処分から救う。

暮れ

鳥居耀蔵、高島秋帆の砲術意見書に反対する意見を幕閣に具申、排斥を図る。

●十月十六日、黒田清隆生まれる。

■天保十二年（一八四一）

正月

異母妹の常磐紀代が「嵐山」を訪れ、許婚・浜谷清太郎の不審な素行についての相談を影二郎が受ける。喜十郎・おこま父娘と小才次に身辺調査を依頼。

小才次、清太郎をたぶらかすお桂、背後に控える旗本部屋住み依田七之助を割り出す。二人の悪行の現場を押さえて解決。

一月三十日

大御所政治を続けた前将軍家斉、六十九歳で死去。

父・秀信より、高田四家町の辻二侍殺害事件の背後にある御三家尾張徳川家とその御付家老成瀬家の確執の実態と、成瀬家の独立運動の把握のために尾張行きを命じられる。

二月半ば

矢と忍びの襲撃に迎えられ、影二郎、喜十郎・おこま父娘、小才次、尾張領に入る。

＊一月七日、清、アヘン戦争・虎門の戦いで敗れ、制海権を失う。

影二郎、喜十郎・おこま父娘、成瀬隼人正正住の尾張藩御用材横領捜査で飛驒路から木曾街道付知川沿いの裏木曾に。

杣人たちを監禁、強制的に良材横領作業をさせる、成瀬家の山役人・山忍びと尾張藩の山役人・蜻蛉組が戦闘。成瀬家側が勝ちをおさめる。

影二郎と喜十郎・おこま父娘、杣人たちを解放。川流しの材木に乗って、山忍びと戦いつつ、付知川を下る。

犬山城に成瀬家とともに大名昇格運動をする五家が集まり、天守より川流しを見物。その後、尾張本藩と成瀬家、川での船戦となる。尾張藩三枝謙次郎こと松平義理、戦いを制止。

影二郎、強敵を倒し、成瀬正住と三枝謙次郎の会談を実現。材木横領による莫大な上がりを手にするた

＊二月二十五日、フランスの印象派の画家ルノワール生まれる。

めに、水野忠邦が与えた、成瀬家はじめ五家大名昇格の内意を示す手紙を処分。尾張藩、成瀬家、水野忠邦を救う。

五月九日　**『鉄砲狩り』**　武蔵国徳丸ヶ原の幕府練兵場で、高島秋帆によって洋式輸入鉄砲・大砲の実射演習が行われる。その日の夜、萌の遺髪を両親の墓に納めるため、若菜、あかとともに高瀬舟で川越へ墓参行。

十日　舟旅の途中、蝮の幸助と出会い、演習後の鉄砲紛失事件発生を聞く。喜十郎・おこま父娘が水野忠邦の命を受けた大目付秀信に、演習地からの鳥居耀蔵一派鉄砲持ち出し疑惑の探索を命じられる。

十一日　蝮の幸助より、持ち出された鉄砲の行方（川越藩新鉄砲屋敷）を聞く。

十二日　川越にて、小才次より、鉄砲とともに紛失した最新式カノン砲の設計図探索を命じる父・秀信からの手

●天保の改革始まる。

十三日

紙を受け取る。

鳥居耀蔵、川越藩江戸家老因幡里美、鉄砲鍛冶国友宇平による最新式銃・砲秘密製作計画をかぎつける。

その夜、空屋敷の火事騒ぎに乗じて若菜がかどわかされる。若菜が自らの手にあることを示す剣客は天保期最強といわれる経徳桜次郎。

若菜奪還のため、国友宇平が引っ越して鉄砲屋敷を持った前橋陣屋領（川越藩前橋分領）へ。

前橋・養行寺に若菜監禁の痕跡。

忠治一家、宇平の鉄砲屋敷を襲い、洋製元込め式短筒十八挺と弾薬を奪う。

鳥居耀蔵の内与力峯島敏光と密偵おせんを始末。

若菜の行方を追って、足尾へ向かう脇街道から粕尾

●六月、太平洋上で遭難した中浜万次郎（ジョン万次郎）、アメリカ捕鯨船に救助され、アメリカへ渡る。

峠へ。

粕尾峠で因幡里美、国友宇平を始末。探索していたエンフィールド銃十挺を回収。

足尾銅山壱の廃鉱前で経徳桜次郎を倒し、若菜を救出。カノン砲の設計図を回収。

年の瀬　**『奸臣狩り』**　贅沢を許さない天保の改革のあおりで祖父母と若菜の店、料理茶屋「嵐山」が商い停止に。

祖父母、若菜、あかとともに湯治旅、上州草津へ。

大晦日　臨時関を設けて暴利をむさぼる鳥居耀蔵の息のかかった八州廻り八巻玄馬が国定忠治捕縛のために、矢板の寅五郎一家、盲目の雇われ剣客西念寺一傳を率いて草津入り。湯の里を囲い込む。

■天保十三年（一八四二）

●十月、中村座から出火し、芝居小屋の集まる堺町、葺屋町全焼。渡辺崋山自刃。

●水野忠邦、問屋仲間を解散する。

●水野忠邦、歌舞伎の中村座・市村座の浅草移転を命じる。

●十二月二十八日、鳥居耀蔵、南町奉行に就任。

元日　草津は年越しのにぎやかな火祭り。そのにぎわいに合わせて、忠治一統が木戸番所を襲撃する。

二日　八州廻り八巻玄馬、忠治一家を追って山狩り。忠治一家追い詰められ絶体絶命のところを雪崩に助けられる。玄馬の一隊は雪に飲まれ全滅。それでも執拗に忠治を追い詰める西念寺一傳と杖代わりの五月女を影二郎が始末。

早咲きの桜のころ　鳥居耀蔵の策動により、父・秀信、大目付御役御免で失脚。改易切腹の危機。影二郎、秀信の助命と復職を条件に、水野忠邦より、復権を図る前将軍派始末を引き受ける。

雑司ヶ谷村鼠山の感応寺で前将軍派クーデターを未然に防ぐ。

影二郎の活躍で秀信助かる。

三月晦日近く
『役者狩り』 七代目市川団十郎、江戸花川戸で鳥居耀蔵配下の刺客団猿面冠者に襲われるも、遠山金四郎に救われる。
影二郎、金四郎に七代目の警護を頼まれる。

四月一日
妾宅で、異人を含む一味に再び襲われる七代目を助ける。
料理茶屋「嵐山」、安さが売りの「十文甘味あらし山」として営業再開。
影二郎、市兵衛長屋で南蛮外衣を盗まれる。
七代目襲撃にかかわる唐国屋義兵衛が異人であることを知る。
目黒川河口、品川沖の秘密裡に築かれた海城に忍び込み探索。

●三月、滝沢馬琴の『南総里見八犬伝』完結。

盗まれた南蛮外衣発見。カピタン風の異人が纏う。

七代目、妾宅で猿面冠者に襲われる。影二郎、巨漢異人剣士と頭目を始末。猿面冠者を撃退する。

芝居町の堺町から浅草猿若町への引っ越しにあたり催される名残興行が、確執のある七代目団十郎の中村座と三代目菊五郎の市村座の、二座競演となることで江戸は大騒ぎに。

三代目菊五郎の後ろ盾は唐国屋。唐国屋の正体は亜米利加国のカピタン。改革に目障りな七代目と阿蘭陀経由を旨とする開明派潰しのために、鳥居耀蔵は徒党を組む。

影二郎は、浅草弾左衛門一統と共同、唐国屋義兵衛を始末して海城を破壊。

●四月十二日。江川太郎左衛門、日本で初めて本格的なパン「兵糧パン」を製造する。

五月

界町の名残興行・二座競演の初日。影二郎、七代目に差し向けられた鳥居耀蔵の刺客を始末する。

幕府は、華美な生活を非とし、七代目団十郎に江戸十里四方所払いを命じる。

六月二十二日

『秋帆狩り』 江川太郎左衛門より、鳥居耀蔵の讒訴によって苦境にある西洋式砲術の師・高島秋帆の身を守るよう依頼される。

父・秀信より小才次経由で、江戸の高島秋帆の隠れ家に南町奉行の手が入ったが、秋帆が間一髪逃げおおせた旨連絡入る。

梅雨明け・夏

影二郎、斎藤弥九郎の道場練兵館で、江川太郎左衛門を介して高島秋帆と高島門下の幕臣、旗本下曾根金三郎と会う。

影二郎、おこま、影同心牧野兵庫、小菊、玉之助で、

●六月十八日、長崎に入港したオランダ船がアヘン戦争情報を伝える。

●七月二十四日、天保の薪水給与令を発す。アヘン戦争の成り行きに驚愕した幕府、異国船打払令を緩和する。

鳥居耀蔵の手の者にとらわれた中村勘三郎頭取を救い出す。耀蔵一味に「士学館の虎」と呼ばれた串木野虎之輔の姿を見る。

練兵館に鳥居耀蔵の探索の手がおよぶことを知った高島秋帆は、江戸を離れ、長崎に帰ると見せかけ伊豆韮山へ。影二郎、あか、喜十郎・おこま父娘、小才次も同行。

伊豆韮山に着いた秋帆は、江川太郎左衛門、下曾根金三郎らに、精力的に「新鷹丸」で砲術を指南する。

影二郎、喜十郎ら、耀蔵一味と船戦。耀蔵一味を撃退。

耀蔵一味第二陣、黒火薬を積んだ押送り船三艘で「新鷹丸」に体当たりを図るも、砲撃に遭い失敗。

「新鷹丸」での砲術実戦演習無事終了。

＊八月十二日。オーストラリアのメルボルン、市として認められる。

影二郎一行、江戸へ。

畑宿の先、女ころばしの坂で串木野虎之輔を倒す。

晩夏

江戸。影二郎、鳥居耀蔵の馴染み・三矢のお軽の双子の兄、春太郎・秋太郎を始末。

秋

『鵺女狩り』 父・秀信、大目付首座・道中奉行兼帯に昇進。影二郎、秀信に伊豆八十八箇所霊場巡りの同行を求められる。

秀信・影二郎父子とあか、吾妻橋際から伝馬船、深川越中島で便船に乗り継ぎ、海路網代湊。上陸後、東浦道（下田道）を南へ、修禅寺を目指す。

伊豆八十八箇所・結願八十八番札所修禅寺着。秀信、奥ノ院で所用。

影二郎一行、下田道を一番札所嶺松院を経て、天城

＊八月二十九日、南京条約でアヘン戦争終結。イギリス軍に清国屈服。不平等条約を結ばされる。

湯ヶ島の二番札所弘道寺。次に三十四番札所三養院を目指して天城越え。煙草売りの杢助が加わる。

天城峠の杣小屋で鵺に襲われ、影二郎負傷。

紅葉

刺客、夢想無限流棒術鳩尾帯水龍熾とその弟子六人衆を始末。

三十四番札所三養院。秀信、庫裏で所用。三十五番札所栖足寺、三十六番札所乗安寺、三十七番札所地福院へ。

杢助の忠言で、三十七番札所地福院参拝を避け、三十八番札所禅福寺、三十九番札所観音寺、四十番札所玉泉寺へ。

再び鵺に襲われる。

影二郎一行、玉泉寺泊。杢助こと老中・海防掛真田

●十月三日、高島秋帆、鳥居耀蔵の讒訴で逮捕され、小伝馬町牢屋敷に投獄される。

幸貫の家臣佐野橋忠三郎・小野寺甚内らとともに、鳥居耀蔵配下の鵺（刑部鵺女一統）に襲われた松代藩江戸家老内膳蔵人を助ける。

欧米列強から国を守ろうという極秘の海防会議参加者は、中継地の五十八番札所正眼寺を目指す。参加者の殲滅を目論む鳥居一派がそれを追う。参加者一行、射殺される寸前のところを国定忠治一統に救われる。

影二郎と海防会議参加者、正眼寺より船で、会場に決まった五十九番札所海蔵寺へ。耀蔵一派、下田奉行の御用船に追われるも、その座礁沈没に救われる。

海蔵寺において下田海防会議が無事行われる。

会議終了を見届けた影二郎、江川太郎左衛門の「新韮山丸」に乗り込む。下田奉行所の御用船を威嚇、退散させ、砲撃で鵺女を撃退。海蔵寺に戻り、刑部

晩秋

●十一月二十四日、佐久間象山「海防八策」を老中・海防掛真田幸貫に上申。

師走

鵺女を始末。

『忠治狩り』 上州無宿の六郷の参次と名乗る渡世人が、助けを求める国定忠治の言葉を影二郎に伝言する。影二郎、参次を道案内に忠治を追って旅立つ。

影二郎、高崎宿で忠治の叔父・久左衛門よりの伝言を聞き、日光を目指す。

沼田道と日光道の二股で、影二郎、あか、参次に、久左衛門が用意した山案内の松吉が加わる。

金精峠の手前、丸沼の八角堂で一泊。赤装束の女忍びの一隊にエンフィールド連発銃で襲撃される。

影二郎一行、金精峠越え。松吉の奇策、鹿皮橇で一気に湯ノ湖まで滑り降り、銃撃で脅す追手の女忍びから逃れる。

湯ノ湖を軽舟で横断、中禅寺湖につながる戦場ヶ原の流れで女忍びと銃撃戦。振り切って中禅寺湖に入る。時空を超えて華厳の滝を突破、裏街道に上陸する。地中を進み、大谷川河畔に。松吉と別れる。一行は日光へ。

日光宿門前町の旅籠「いろは」に投宿。「八州狩り」で縁のあったみよと再会する。関東代官羽倉外記と対面。

影二郎一行、馬で会津西街道を忠治を追って会津若松城下へ。

途中、大内宿で参次、姿を消す。福永宿で蝮の幸助と再会。幸助、忠治に会わせることを約して影二郎を先導する。一行は羽州街道上山宿へ。

上山城下からあかが引く箱橇で羽州街道を横手を目指して出発。

六田宿で馬アオとの出会い。馬橇にして大石田河岸へ。アオを加えて最上川を舟で猿羽根峠下まで。そこから再び羽州街道を横手へ。

新庄城下近く新田川河原の流れ宿で、菱沼喜十郎・おこま父娘と合流。

喜十郎・おこま父娘を加えた四人と一匹、女忍び、八州廻り関畝四郎の一隊に追われつつ、羽州街道の難所、雄勝峠越え。峠道と一軒茶屋で女忍びの襲撃に遭うも撃退。

影二郎一行、峠を下り銀山温泉泊。蝮の幸助、アオとともに姿を消す。影二郎、喜十郎・おこま父娘、あか、横手へ。

横手で八州廻り関畝四郎と会見。その後、参次再登場、忠治の居場所に案内する。

●十二月二十四日、幕府、下田奉行を復活し、羽田奉行を新設。

大百姓狩野十左衛門の屋敷。罠にかかった参次、蝮の幸助に倒される。

影二郎一行、角館へ向かう。

八州廻り関畝四郎の一隊、佐竹北家の協力を得て忠治が潜むという黒田家屋敷を囲む。影二郎が見守るなか、忠治（偽者）射殺される。

■天保十三年（一八四二）〜天保十四年（一八四三）

大晦日・新年

乳頭温泉郷鶴の湯の外湯。影二郎、忠治と湯を共にする。

●四月、将軍家慶、六十七年ぶりに日光社参。

●閏九月十三日、上知令を反対され、水野忠邦、老中を罷免される。

「狩り」シリーズが十倍おもしろくなる

特別コラム

「江戸幕府の職制」早わかり

将軍《しょうぐん》

＊天保8年までは在職50年の11代徳川家斉。天保8年から12代家慶。

大老《たいろう》
政治状況に応じて置かれる臨時の最高職。江戸時代を通じて九名のみ（定員一名）。

老中《ろうじゅう》
通常の幕府の最高職。幕政の責任者（四～六名）。

若年寄《わかどしより》
老中の補佐（三～五名）。

書院番頭《しょいんばんがしら》
江戸城の警備と将軍の護衛。

＊水野忠邦の第1期老中時代は天保5年～14年。大老に井伊直弼の兄、直亮がいたが、忠邦の権勢に押され、前将軍・家斉死去の天保12年に辞任。

側衆《そばしゅう》
江戸城に宿直。将軍に近侍し老中との取り次ぎにあたる。

高家《こうけ》
儀式・典礼を担当。「忠臣蔵」で敵役となる吉良家をはじめ、大友家、畠山家など、室町幕府以来の名門二十六家が世襲。

留守居《るすい》
大奥の取り締まり。

大番頭《おおばんがしら》
江戸城・大坂城・駿府城などの警備。十二組ある。

大目付《おおめつけ》
大名、高家などの監察。

町奉行《まちぶぎょう》（江戸）
江戸市中の行政・司法・警察を担当。南・北二つの奉行所が月番で交替（二名）。

目明《めあか》し（岡っ引き）
与力・同心のアシスタント。私的な使用人。

与力《よりき》・同心《どうしん》
町奉行の仕事の最前線で活動。

小伝馬町《こでんまちょう》牢屋敷《ろうやしき》
管理は牢屋奉行（囚獄）。「石出帯刀」が世襲。

町年寄《まちどしより》
八百八町といわれる江戸の町人側役人の最高責任者。樽屋、奈良屋、喜多村の三家が世襲。

▶太字と＊は「狩り」シリーズを読むとき、知っておきたいポイント
[影二郎の活躍は、天保７年～14年（1836～1843）。図中の西暦省略]

- 奏者番《そうじゃばん》　大名・旗本の将軍拝謁時、姓名奏上と物品伝達役。
- 寺社奉行《じしゃぶぎょう》　全国の寺社と寺社領の管理。宗教の統制。
- 京都所司代《きょうとしょしだい》　京都の警備と役人の統率。天皇・公家、西国大名の監察。
- 大坂城代《おおさかじょうだい》　大坂城の守備と城下役人の統率。西国大名の監察。

- 小姓組番頭《こしょうぐみばんがしら》　江戸城の警備と将軍の護衛。
- **目付《めつけ》**　旗本・御家人の監察。老中から指示を受けて動く。
- 火付盗賊改《ひつけとうぞくあらため》　寺社奉行・町奉行の管轄を越えて取り締まりができる江戸市中の警察機構。町奉行同様、与力・同心を配下とする。

- **勘定奉行《かんじょうぶぎょう》**　幕府の財政と天領（幕府の直轄地）の運営、訴訟を担当する勘定所の長（四名）。勝手方（財政担当）と公事方（訴訟担当）が二名ずつで一年交替。
- 関東郡代《かんとうぐんだい》　関八州の天領を監督・支配。
- 普請奉行《ふしんぶぎょう》　石垣・堀・建築の基礎など土木工事と上水の管理を担当。
- **道中奉行《どうちゅうぶぎょう》**　五街道の道路、宿場の宿・伝馬・飛脚など、街道に関する事務を担当。大目付が首座で勘定奉行と一名ずつが兼任。
- **遠国奉行《おんごくぶぎょう》**　京都・大坂・駿府の各町奉行と、**長崎**・日光・佐渡・浦賀・**下田**など、幕府直轄都市の行政官。

- **関東取締出役《かんとうとりしまりしゅつやく》（八州廻り）**　江戸府内・川越藩領・水戸藩領を除く関八州を天領・私領の区別なく取り締まりができる特別警察機構（八名）。
- **郡代《ぐんだい》・代官《だいかん》**　天領の年貢（租税）の収納と民政を担当。郡代は関東、美濃、飛騨、日田などに置かれた。
- 金奉行《きんぶぎょう》・蔵奉行《くらぶぎょう》・林奉行《はやしぶぎょう》・漆奉行《うるしぶぎょう》　それぞれの天領の重要産品、金・米・山林・漆を管理。
- 金座《きんざ》・銀座《ぎんざ》　金貨・銀貨の鋳造。

江戸の生活

武家屋敷が幅をきかせる（武家地が七割を占めた）江戸で庶民が住むスペースは小さく、町人のほとんどは長屋で借家暮らしをしていた。庶民の暮らす長屋は表通りに面した表長屋とその奥にある裏長屋から成るのが常である。表長屋は店舗兼住宅となり、生活必需品を売る八百屋や魚屋などが店を構え、裏長屋には棒手振り《ぼてふ》（天秤棒を担いで商品を売り歩く）や駕籠《かご》かき、職人など、零細な生活を送る借家人が住んだ。

江戸庶民の生活としてよく描かれる長屋のモデルは裏長屋である。裏長屋のサイズは九尺二間、今でいう六畳一間のワンルームが標準であった。といってもその中に土間の台所部分などが含まれるため、実際の居住スペースとして使えるのは四畳半そこそこ。家族三、四人がひしめき合う。さらに壁一枚隔てた隣近所には音が筒抜けで、便所やゴミ捨て場などの共用スペースもせまく、皆で気を遣い合い、助け合わなければやっていけなかった。管理をする大家との関係も密接で、落語にいうように「大家といえば親も同然、店子といえば子も同然」だったのである。

さて裏長屋の住人の生活は、基本的に質素なその日暮らしであった。「宵越しの金は持たない」とは江戸っ子の気風のよさを表す言葉のように思われているが、これにはお金を安全に保管する場所のない江戸では、盗まれるより使ってしまったほうがよいという含みがある。食べ物についてももちろん冷蔵庫などなく、その日食べるだけを用意して食べ切ってしまわなければならない。朝にご飯を炊いたら、昼・夜はその残りを冷や飯として食べていた。副菜も一汁一菜程度の簡素なもので、とくに夜は軽くすませたようである。日々の食事は棒手振りから少量の食材を買ったり煮売り屋や屋台で一、二品の惣菜を求めるなど、無駄のないようやりくり。とくに手頃な価格と量でさっと食べられる屋台の料理は重宝され、そばやいなりずし、天ぷらなどの屋台が繁盛した。そんなつづまやかな江戸っ子も季節の初物を食べることにかけては熱心で、「初物を食べると七十五日長生きする」と、競って求めた。とくに人気の初鰹の値段はどんどんつり上がり、「女房を質に入れても初鰹」とうたわれるほどの狂躁《きようそう》だった。

江戸の「衣」……着物に関してはできるだけ長く着られるよう、また同じ着物を一年中着られるよう、とことん着まわしが工夫された。子どもの着物は少し大きめにつくり、成長に合わせてほどいては仕立て直すのが当然であったし、大人の着物も手入れのために何度も繕い直された。江戸時代の生活が「エコ」といわれるゆえんである。しかしおしゃれ心を忘れてはいなかった。わざとらしい「野暮《やぼ》」をきらいさりげなくあか抜けた「粋《いき》」を好む江戸っ子は浮世絵に描かれた役者や芸者をファッションリーダーとして、装いを楽しんだ。服装だけでなく髪型にも敏感で、かつらやかもじ（髪のボリュームを補うもの）を扱う専門店もあった。

江戸時代の金銭イメージ

江戸時代に流通していた貨幣は金貨・銀貨・銭貨の三種類。江戸では金と銭、上方《かみがた》（京都・大坂）では銀と銭が使われており、双方の取り引きを通じて混交した。金貨と銭貨が額面と枚数で価格の決まる「計数貨幣」であったのに対し、銀貨は重さで価格の決まる「秤量《ひょうりょう》貨幣」であり、それらを換算しながら使い分けるという複雑な状況だった。それぞれの通貨の間には相場が立てられ、両替商が活躍。最初（慶長《けいちょう》十三年（一六〇八））幕府によって定められた相場は金一両＝銀五十匁《もんめ》＝銭四貫文（四千文）だった。相場は時代によって変動し、天保十三年（一八一四）には金一両＝銭六貫五百文という記録がある。

●江戸庶民の会計

江戸の庶民がふだん手にする通貨は銭であり、日々の買い物もおもに銭が使われた。長屋の家賃は一ヵ月で八百〜千文、簡便な庶民の食事として発達した屋台の料理は一食四〜十六文程度のものが多く、煮売り屋で酒を一合ほど飲むと二十〜三十二文ぐらいだった。大工や棒手振りなど長屋に住む下層住人の一日の収入は、仕事があれば四百〜五百文であり、そこから、米や味噌などの必需品代や生活雑費などと日割りした店賃を差し引くと、自由に使えるお金は百〜二百文程度になる。これが一般的な庶民の会計。余裕があるように思えるが、雨が降ったり病気になったりすると仕事ができず、全く収入のない日も多かった。

◆各貨幣の単位	
金	1両＝4分＝16朱
銀	1匁＝10分、1000匁＝1貫（貫目、貫匁）
銭	1貫文＝1000文

◆江戸物価イメージ（1文＝現在の25円として換算）	
家賃（長屋1ヵ月）	800〜1000文（2万〜2万5000円）
白米（5合程度）	100文（2500円）
かけそば（1杯）	16文（400円）
天ぷら（1串）	4〜6文（100〜150円）
握りずし（1個）	4〜8文（100〜200円）
茶（茶屋・1杯）	4〜5文（100〜125円）
銭　湯	10文（250円）
髪梳き（1回）	28文（700円）
見せ物の木戸銭	18文（450円）
大相撲の木戸銭	205文（5125円）
初　鰹	2貫〜2両（5万〜32万5000円）

参考:『大江戸まるわかり事典』(大石学編・時事通信社)、『発掘！お金の話』(money.goo.ne.jp)他

◇江戸時代の時間◇

何時何分何秒、と厳密なタイムスケジュールのもとに動く現代社会とは違い、江戸時代の時間はゆるやかだ。一日を二十四時間に等分する現代の「定時法」とは異なり、江戸時代に使われていたのは「不定時法」。日の出と日の入りを基準としてその間を六刻ずつに等分した。ということは、一日のなかでも昼の一刻と夜の一刻では長さが異なり、同じ時間帯でも夏の一刻と冬の一刻ではそれぞれ長短がある。起きる、活動する、寝る……太陽とともにある一日。生物としての人の生活に合ったあいまいな時間だったのだ。

時の示し方は「数」または「十二支」のふた通りがあった。「数」の場合は、昼と夜それぞれの時刻を「四つ」「五つ」……「九つ」に六分割、さらに刻ごとの中間点を「半」として計十二に分けた。基準となる日の出を「明け六つ」・日の入りを「暮れ六つ」とし、経過にしたがって、真昼・真夜中の「九つ」まで「六つ半」「五つ」「五つ半」「四つ」「四つ半」とカウントダウン。「九つ」からは「九つ半」「八つ」……「七つ半」と、明け・暮れの「六つ」までカウントダウンする。

■江戸時間イメージ

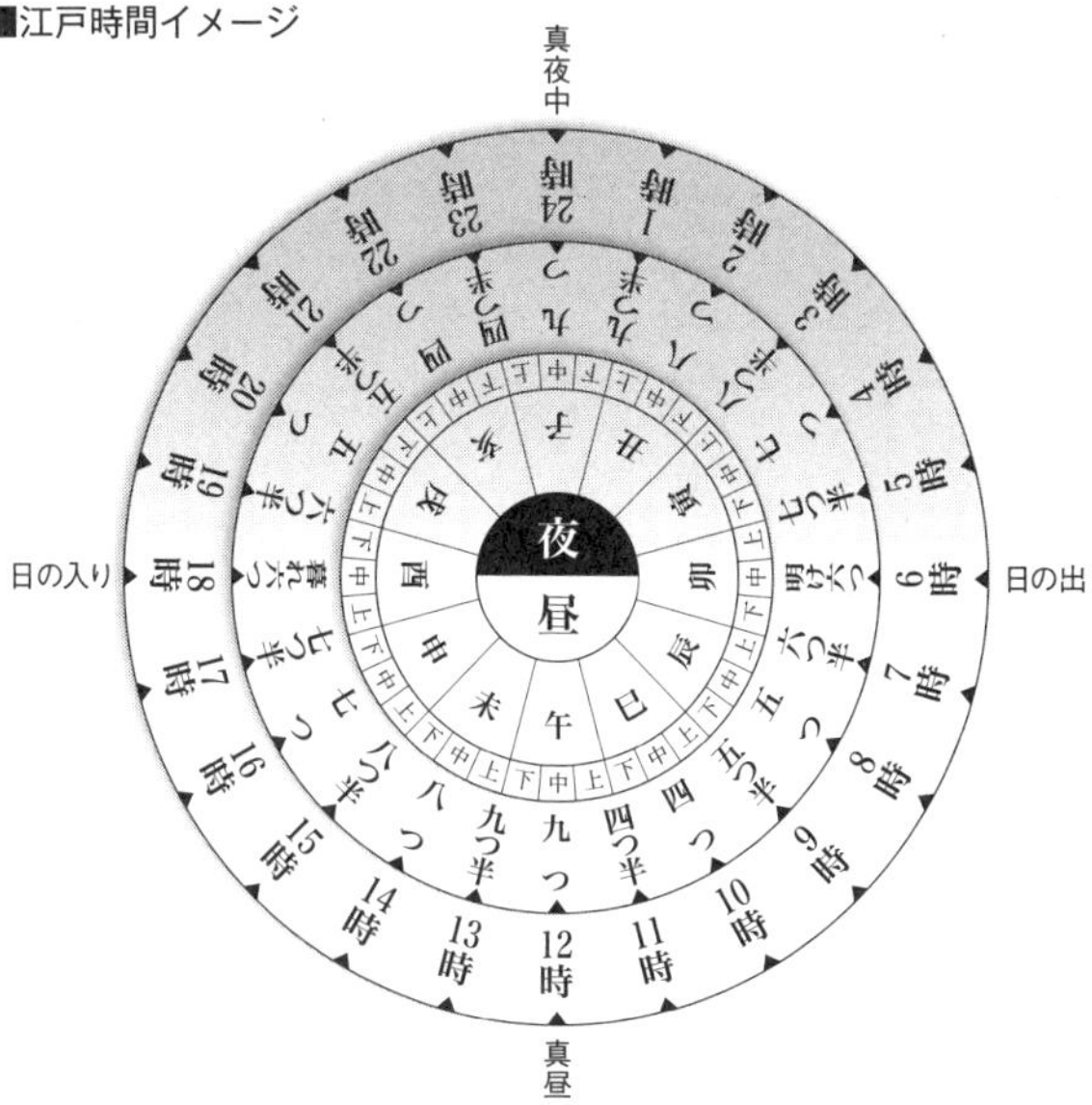

もうひとつ「十二支」で時を示す場合。二十三時（午後十一時）から翌日一時（諸説あり）を「子《ね》の刻」とし、以下およそ二時間区切りを「丑《うし》の刻」「寅《とら》の刻」「卯《う》の刻」……と、十二支の順で呼んだ。細かく一刻を三等分して「上・中・下」とし、「辰《たつ》の上刻《じょうこく》」「巳《み》の下刻《げこく》」などといったり、四等分して「一つ・二つ・三つ・四つ」とし、「申《さる》二つ」「丑三つ」などと使ったりもした。

このような長さ不定の時を人々に知らせたのは「時の鐘」。天保のころの江戸には、日本橋本石町《ほんこくちょう》、芝増上寺《しばぞうじょうじ》、浅草寺《せんそうじ》など十五ヵ所にあったという。各所で昼夜を通じて十二の刻を知らせる鐘がつかれたが、なにぶん人の手によるため、多少の時差が生じることは珍しくなかった。江戸の人々にとって「時」「刻」は大まかな目安。現在の時間感覚と比べるべくもない。

明治政府の太陽暦の採用（明治五年（一八七二）十二月三日が明治六年（一八七三）一月一日となって、一日は二十四時間に）によって、不定時法は廃止され、人々の生活の記憶から消えた。しかし、その〝痕跡〟はいまも残っている。「午前・正午・午後」、十五時（午後三時）ごろの「お八《や》つ」は名残。深夜を意味する「草木も眠る丑三つ時」は時代劇や講談などでイメージを高める表現として耳にする機会は多い。

江戸の「旅」事情

江戸時代以前、旅は特別な人だけのものだった。政治、戦《いくさ》、苦行《くぎょう》や放浪……一般民衆にとって、娯楽としての「旅行」など考えられなかった。しかし江戸時代になると、広く民衆も旅を楽しむようになる。江戸時代の人々が居住地から外に出ることは厳しく制限されていたが、社寺参詣と湯治《とうじ》のための旅は別であった。やがてその行き帰りに名所めぐりや芝居見物が楽しまれるようになり、物見遊山《ものみゆさん》の旅が広まっていったのである。なかでも「伊勢参り」や「こんぴら参り」は有名であり、「一生に一度は」と多くの人々がつめかけた。

旅が一般的になった理由のひとつは、幕府が統治の必要から街道・宿場を整備したことにある。奥州道中、日光道中、甲州道中、中山道《なかせんどう》、東海道の五街道は、旅を安全・便利にしたが、要所要所には関所が設けられ、人の出入りがチェックされた。とくに江戸に持ち込まれる鉄砲と、江戸から出て行く女性には厳しかった。いわゆる「入鉄砲出女《いりでつぽうでおんな》」である。江戸でテロ活動ができないよう、また江戸屋敷にいる大名の妻子が国元へ逃亡しないよう、「入鉄砲出女」にはそれぞれ「鉄砲手形」「女手形」が必要とされた。男性は特別な手形を必要としなかったが、ふつう身元確認のための「往来手形」を所持した。これは檀那寺や村役人が発行する、今でいうパスポートのようなもの。なお関所破りは磔《はりつけ》（死刑）に処される重罪であった。

街道筋には、公用で行き来する役人に対して、無償で人や馬（人馬継ぎ立て）、休泊施設（本陣・脇本陣）を用意した宿場が設けられた。民間の宿である旅籠《はたご》・木賃宿や商店も軒《のき》を連ね、「飯盛り女」という名目で遊女まで存在した。「ありんす」言葉までも吉原の花魁《おいらん》をまねた遊女は最盛期で数千人。とくに吉原に比肩する繁栄をみせた品川宿の遊女は「品川女郎衆」とも呼ばれ、宿場をにぎわした。

この時代、庶民にとって旅の手段はもっぱら徒歩。一日に三十〜四十キロメートルと、かなりの距離を歩いていたようである。今でも愛読されている十返舎一九の滑稽本『東海道中膝栗毛《ひざくりげ》』では、弥次郎兵衛《やじろべえ》と喜多八《きたはち》が江戸を出て「お伊勢さん」近くの四日市《よっかいち》に至るまでに要した日数、わずか十二日。実際でも江戸から京都までの旅は十三〜十五日であったとか。ということは、相当の速度で歩くか、一日に十時間近くも歩きづめになる。いずれにしても現代で考えれば途方もない旅である。治安がよくなったとはいっても長い旅路に危険はつきものであり、また道中の命をつなぐ路銀の準備も欠かせない。未知の旅への備えとして、各種の道中記や旅の心得をまとめた「旅行用心集」が重宝されていたのもうなずける。

◈江戸の海運・水運◈

●江戸の海運

江戸時代になると街道が整備され、陸路が整うとともに、海や河川の水路網も発達し、さまざまな船が行き交う。大名にとっては地方の領地でとれた年貢米を江戸や大坂に運ぶ必要があり、商業が活発になると、各地の特産品や大量の物資を輸送するための需要も高まった。

江戸前期、幕府の命を受けた河村瑞賢《かわむらずいけん》は出羽《でわ》から津軽海峡を回って直接江戸に入る東回り航路、および反対回りで日本海沿いを行き、関門海峡から瀬戸内海に入って大坂に至る西回り航路を開発し、輸送にかかるコストを大幅に下げることに成功。江戸と大坂の間も南海路で結ばれ、各種の物品を運ぶ菱垣廻船《ひがきかいせん》、樽廻船が活発に行き来した。さらに江戸後期には蝦夷地《えぞち》から琉球までが航路で結ばれた。こうして各地を海路のみでめぐることができるようになると、方々で商品を安く買い付けては他の地方で高く売る買積船《かいつみせん》も現れる。海運に使われたのは弁才船《べざいせん》。小さいもので二百石、大きいものは千石にもなり、千石船とも呼ばれた。

●江戸の水運

江戸時代には海運ばかりでなく国内の水路網も整備されていった。「水の都」とも呼ばれた江戸には利根川をはじめとする何本もの水系があり、水運は物品の輸送手段としても、また人々の足としても重要だった。

河岸には船荷を扱う問屋が並び立つ。利根川を航行したのはおもに高瀬舟やヒラタ船。

年貢米や地方の特産品を運んだ高瀬舟には通常で五百～六百俵、多いときには八百～九百俵もの米が積まれ、何人もの舟子が乗り込んで舵をとった（森鷗外の作品に描かれる「高瀬舟」は京都の高瀬川を運行する舟で、江戸を往来していた高瀬舟とは異なる）。ヒラタ船は物品ばかりでなく旅客も運ぶ運搬船であり、多くの旅人に利用された。

猪牙舟（写真協力：深川江戸資料館）

同じ旅客船でも、近距離で手軽な水路移動に利用されたものに小型で快速の猪牙舟《ちょきぶね》がある。いまのタクシーやハイヤーのような感覚で庶民に利用され、吉原や深川の遊廓に遊ぶ客の足となったのはよく知られるところ。船頭が一人で櫓をさし漕ぐ上に、高速で進むため揺れがひどく、「江戸っ子の生れそこない猪牙で酔い」など、吉原を示す隠語として川柳にもよく詠まれている。乗りなれているのはよほどの遊び人と目された。吉原通いで身を持ち崩した放蕩息子が親族から縁を切られることもあったことから、別名を「勘当船《かんどうぶね》」ともいう。

このほか、庶民の生活に密着したものとして船は利用された。ユニークなところでは江戸城の余り水や井戸水を売り運ぶ「水船」。百万都市といわれる江戸の人口を支えるだけの水を確保するのはかなりの大事であり、玉川上水や神田上水の水を使うことのできない地域では飲み水を購入する必要があったのだ。また、風呂を備えて河岸の人々に湯浴みを楽しませる「湯船」は、銭湯のない地域で喜ばれていた。江戸に住む人々にとって水運は、必要不可欠の、いわば生命線だったのである。

◇おもな歴史上の登場人物早わかり◇

◎国定忠治《くにさだちゅうじ》

忠次・忠二・忠治郎とも。文化七年（一八一〇）、上野国佐位郡国定村（現在の群馬県伊勢崎市）に豪農の子として生まれる。本名は長岡忠次郎。

十三歳で博奕《ばくち》に手を染め、十七で殺人。無宿者となった忠治は、名を知られた博徒の親分大前田栄五郎（英五郎とも）のもとに身を寄せる。栄五郎の仲介で、博徒の一家を成す百々村《どどむら》の紋次の子分に。文政十三年（一八三〇）、病に倒れた紋次の跡目を若くして継ぎ、天保五年（一八三四）、対立していた博徒の大親分島村伊三郎を殺害して名を上げた。さらに天保七年（一八三六）、義弟殺しの仇を討つために鉄砲や槍で武装した子分二十人を従え、白昼堂々、中山道の裏街道・信州街道の大戸の関所（現在の群馬県吾妻郡東吾妻町）を破って「国定一家」の名をとどろかせる。関所破りは天下の大罪。太平の世を驚愕させる大事件だった。しかし、国定一家は神出鬼没。巧妙に取り締まりをかいくぐり追手を振り切る。

その後、忠治の子分、板割りの浅太郎が、関東取締出役の道案内で目明かしの三室《みむろ》の勘《かん》助《すけ》を殺害。国定一家は、幕府の威信をかけて捕えるべき凶悪犯として一斉手配、猛追される。根拠地の赤城山も退去せざるをえなくなり、講談の名場面「赤城の山も今宵かぎり……」となった。

十数年におよぶ逃亡後の嘉永三年（一八五〇）、忠治は、上州田部井の庄屋西野目宇右衛門宅に匿われ中風（脳卒中の後遺症）療養中のところを、関東取締出役の中山誠一郎に捕縛され江戸送りに。詮議後、かつて破った大戸の関所で磔。享年四十一。十数回にわたって槍を受けた壮絶な最期だったという。

そんな忠治が「義賊」とされ、後世人気となったのは、賭場で稼いだ私財をなげうって飢饉に苦しむ農民たちを救ったという伝説から。百々村の忠治の縄張りからは一人の餓死者も出なかったという。

また、各地の代官、納戸頭兼勘定吟味役などを歴任、水野忠邦に重用された幕府役人羽《は》倉《くら》外《げ》記《き》（簡堂）が記した『劇盗忠二小伝』（『赤城録』）にも「忠治＝義賊」につながる内容が。外記が「盗区」と名付けた赤城山麓の忠治の縄張りは、盗みもなく治安がゆきとどき、さながら自立した国のようであったという。忠治を取り締まる側の記録だからこその真実味。

講談や劇で語られる「国定忠治」のルーツがここにある。

◎水野忠邦《みずのただくに》

寛政六年（一七九四）、唐津《からつ》藩主の次男として生まれ、積極的な猟官運動で老中首座にまで上りつめる。江戸幕府十二代将軍、家慶のもとで天保の改革を主導。江戸に流入する農民を農村へと返す「人返しの法」、江戸、大坂周辺の大名・旗本に領地の一部を返上させて替え地を支給する「上知令《あげちれい》」、奢侈《しゃし》の禁止と風俗の粛正、物価騰貴をおさえるための低質な貨幣発行などの施策を行い幕府財政の立て直しを図るも奏功せず。あまりに過激であると大名からも庶民からも反発を招いて失脚する。のちに外国問題に憂慮した家慶に呼び戻されて老中首座に復帰するが、再びかつての勢いを取り戻すことはなかった。辞職後の嘉永四年（一八五一）、疑獄で隠居謹慎中に病死。

◎鳥居耀蔵《とりいようぞう》

文化十二年（一八一五）、儒学者で幕府の学問所を統轄する大学頭《だいがくのかみ》林述斎の次男として誕生。のち、旗本鳥居一学の養子となった。名は忠耀《ただてる》。老中水野忠邦のもと、天保の改革を強力に推進した幕臣である。江戸庶民に人気のあった南町奉行矢部定謙や北町奉行遠山景元（金四郎）らの追い落としなど権謀をめぐらして出世したことから、「蝮の耀蔵」、官名の甲斐守から「妖怪（耀・甲斐）」と嫌われた。また超保守的な洋学嫌いで知られ、蛮社の獄により高野長英、渡辺崋山ら多くの蘭学者を弾圧する。果ては老中失脚の原因となった「上知令」問題で、耀蔵を腹心と頼む忠邦さえも裏切って、今日まで悪役のイメージが定着した。間もなく、復権した忠邦により糾弾され、四国・丸亀藩預けとなる。その後、幕府が倒れるまで、耀蔵が江戸に戻ることはなかった。明治七年（一八七四）没。

◎江川太郎左衛門《えがわたろうざえもん》

鎌倉時代以来の伊豆の名家、江川家代々が継ぐ「江川太郎左衛門」の三十六代目に当たり、諱《いみな》は英龍《ひでたつ》。江戸時代、江川家は世襲の伊豆国代官。西洋知識の導入に積極的で、農地の改良や種痘の普及など「世直し江川大明神」と慕われた。渡辺崋山や高野長英ら蘭学者の集まりである尚歯会にも属し、鳥居耀蔵と競った浦賀の測量では尚歯会の最新技術をもとに成果をあげる。しかしこの一件が耀蔵に遺恨を残し、蛮社の獄で尚歯会は壊滅。太郎左衛門は水野忠邦の庇護《ひご》によりからくも弾圧を逃れた。以後、高島秋帆のもとに弟子入りして高島流砲術を学び、西洋式砲術の普及と教育に努める。銃砲製造のための反射炉（伊豆韮山《にらやま》）や品川台場を建設したことでも有名である。

◎高島秋帆《たかしましゅうはん》

長崎町年寄の家柄に生まれた砲術家。名は舜臣《きみおみ》、秋帆は号。鎖国の続く江戸時代において長崎は唯一西欧に開かれた都市であり、そこで西洋式砲術に衝撃を受けた秋帆は自らすんで砲術を学び、独自の高島流砲術を完成させる。さらにアヘン戦争の一報が届くと幕府に西欧列強の脅威を訴え、洋式砲術を用いた日本初の公開演習を行った。この成果により幕府の信頼を得、江川太郎左衛門らに砲術を教授するが、幕府による秋帆の重用に危機感を抱いた鳥居耀蔵の謀《はかりごと》によって投獄される。しかしペリーの来航に伴い、時代が開国に向かって動き始めたことから赦免《しゃめん》され、かつての門下であった太郎左衛門のもとで砲術の訓練に携わった。その砲術は坂本龍馬ら幕末の志士にも影響を与えている。

◎遠山景元《とおやまかげもと》

時代劇「遠山の金さん」でおなじみの遠山左衛門尉景元、通称金四郎である。天保十一年（一八四〇）から四年間、老中水野忠邦のもとで北町奉行を務め、同時期に南町奉行だった鳥居耀蔵とことごとく対立した。「妖怪」と嫌われた耀蔵との対比もあって庶民からの人気が高く、とくに江戸の風紀取り締まりとして忠邦・耀蔵が芝居小屋を廃止しようとした際には「待った」をかけて浅草への移転にとどめ、喝采《かっさい》を受けた。一時は耀蔵の策略で大目付《おおめつけ》（名目上は昇格であるが実質的に閑職）に追いやられるも、後には逆に耀蔵を追い込み、自ら南町奉行に返り咲く。一人の人物が南北両方の町奉行を務めたこと、また地位の上では降格となる大目付から町奉行への復職は、いずれも極めて異例であった。晩年は剃髪して帰雲《きうん》と名乗り、悠々自適の生活を送った。

影二郎の剣を育てた

江戸の道場

江戸三大道場と剣豪

影二郎が剣を学んだ江戸時代後期（文政後期～天保前期）、江戸は剣術修行のブームだった。

江戸時代になって太平の世を迎え、衰退していた剣術が、松平定信の寛政の改革以来の武術奨励により徐々に復活。それが、異国船の来航や漏れ伝わる海外事情に刺激されての、攘夷《じょうい》気分・武闘意識で大いに盛り上がる。さらに、防具・竹刀《しない》による稽古の普及、難解な古流と違ってわかりやすく、技の修得・上達が早い新流派の誕生が加わって大人気に。男子の気概を示すものとして、立身出世の足がかりとして、武士のみでなく農民や町人の子弟たちまでもが、大勢、江戸の道場の門をたたいたのである。

そのころ、数ある江戸の道場のなかでも、きわだって人気と実力を誇るものが三つあった。「狩り」シリーズ中にもしばしば登場する「位は桃井《もものい》、技は千葉、力は斎藤……」といわれた「江戸三大道場」である。

まずは、影二郎が修行したことになっている桃井。京橋あさり河岸にあった鏡新明智流桃井春蔵の道場「士学館」のことである。最盛期は幕末、四代桃井春蔵直正のころ。駿河《するが》（現静岡県）沼津藩士の子として生まれた直正は、天保九年（一八三八）、江戸に出て三代

桃井春蔵直雄に師事する。天保十二年（一八四二）、腕を見込まれた直正は、わずか十七歳で三代目の婿養子となって四代目を襲名。嘉永元年（一八四八）免許皆伝、慶応二年（一八六六）、講武所剣術教授方出役に取り立てられ幕臣となる。このことで、「品格第一」とされ、「位は桃井」と称されるようになった。土佐藩との関係が深く、門人に、尊王攘夷の志士武市半平太《たけちはんぺいた》（瑞山《ずいざん》）、「人斬り以蔵」と恐れられた岡田以蔵らがいる。

つぎに千葉。北辰一刀流創始の千葉周作の道場「玄武館」である。周作は陸前気仙沼《けせんぬま》（現宮城県）の人、北辰夢想流の父や小野派一刀流の流れをくむ浅利義信、義信の師・中西忠兵衛子正《たねまさ》などに剣を学ぶ。他流試合で名を上げ、文政五年（一八二二）、はじめ日本橋品川町、のちに神田お玉ヶ池に道場を開く。技術段階を八から三に簡略化、理屈にあったわかりやすい教え方が人気で門弟三千人ともいわれた。徳川斉昭に招かれて水戸藩の剣術師範となったことで、同藩との関係が深い。門人に、清河八郎、山岡鉄舟、山南敬助、藤堂平助など、幕末に名を馳せた剣客たちがいる。なお、坂本龍馬は同流ながら、道場は周作の弟・定吉の京橋桶町に通った。

最後に斎藤。神道無念流斎藤弥九郎の道場「練兵館」のこと。神道無念流は、福井兵衛門が創始、岡田十松《じゅうまつ》が広め、十松を継いだ斎藤弥九郎のとき隆盛となった。弥九郎は越中（現富山県）氷見《ひみ》の郷士の子。文化九年（一八一二）、江戸に出て、岡田十松に入門。

同時期同門に江川太郎左衛門、藤田東湖がいる。十松没後、遺言により弥九郎が道場を継ぎ、太郎左衛門の援助を受けて練兵館を創設した。はじめ九段坂《くだんざか》下 俎 橋《まないたばし》あたり、のち九段坂上に移転。荒稽古で知られ、「自戒」「自立」を重んじた。太郎左衛門との関係で渡辺崋山とも親交。長州《ちょうしゅう》藩との関係も深く、門人に高杉晋作《たかすぎしんさく》、桂小五郎《かつらこごろう》（木戸孝允《きどたかよし》）がいる。

現在、三道場ともに直系の継承者は絶え、北辰一刀流に傍流が残るのみ。

士学館跡。若き日の影二郎が剣を振るったあさり河岸は、現在の首都高京橋ジャンクション近く。道場は新金橋児童遊園あたりか（東京メトロ新富町駅下車）

玄武館跡。儒学者・東條一堂の「瑶池塾」と並び建っていたことを示す「右文尚武」の碑と玄武館跡の解説板が、千桜小学校跡の校門内にある（都営新宿線岩本町駅下車）

練兵館跡。道場は、現在の靖国神社境内。南門を入って左に石碑が建つ（東京メトロ半蔵門線・東西線・都営新宿線九段下駅下車）

【平成の「玄武館」で知る】

北辰一刀流《ほくしんいっとうりゅう》

北辰一刀流六代玄武館・小西真円一之《こにししんえんかずゆき》館長の指導で、「北辰一刀流」の基本的な「構え」と「形」をガイドする。流派はちがうが同時代に体系化された剣を知ることで、影二郎の勝負シーンがさらに鮮明にイメージできるだろう。

構えと形

小西真円一之館長

北辰一刀流の特徴は「星眼《せいがん》」に構えたとき、切っ先を細かく上下に動かす「鶺鴒（せきれい）の尾」。鳥の尾の動きになぞらえて、そう呼ばれた。居付く（膠着状態になる）ことを防ぐ、打ち突く（打って出る・突きを繰り出す）気配を悟らせないことを目的とする。

北辰一刀流 玄武館館長●小西真円一之

昭和38年生まれ。父である小西重治郎成之に師事し、幼少のころより北辰一刀流を学ぶ。25歳から副館長。東京都杉並区善福寺に「玄武館」を確立した五代目没後、館長となって門人を指導する。

＊北辰一刀流 玄武館

http://www.hokushin-ittoryu.com/

基本、五つの構え

星眼《せいがん》

すべての基本、中段の構え。攻防ともに自由自在、臨機応変。「正眼」「晴眼」「青眼」とも。

上段《じょうだん》

相手を威圧する構え。間合いが遠くても打てる有利はあるものの、胴をさらす危険を冒す。

下段《げだん》

太刀筋を読みにくくする防御の構え。攻めは「突き」に変化する場合が多い。

八双《はっそう》

「八相」とも。相手を威圧、変化を見きわめる構え。

脇構《わきがまえ》

相手に剣の長さを見せず、変化を見きわめる。攻めは斜めに切り上げ。

※写真は打ち太刀のイメージです。

北辰一刀流極意　組太刀「五行《ごぎょう》の形」

●一本目

打太刀《うちたち》「左上段」・仕太刀《したち》「星眼」

仕太刀は、左上段からの打太刀の打ちをかわし、つぎに打太刀が打ってくる小手を払って小手を打ち返す。

●二本目

相「星眼」（打太刀・仕太刀ともに「星眼」）

仕太刀は、打太刀の突きをかわし、つぎに打太刀が振りかぶったところで小手を打つ。

●三本目

打太刀「下段」・仕太刀「星眼」

仕太刀は、打太刀の突きをかわす。それにつづく打太刀の三度の打ち込みを、仕太刀は二度巻き落とし、三度目ですり上げて面を打つ。

●四本目

打太刀「星眼」・仕太刀「八双」

打太刀は突き。仕太刀は左に変化してかわし、小手を打つ。

●五本目

打太刀「脇構」・仕太刀「星眼」

仕太刀は、打太刀の打ちを巻き落として突きを繰り出す。

組太刀　複数人が相対して行う実戦形式の形稽古。「五行の形」は「打太刀」「仕太刀」と呼ばれる２名で行う。打太刀があらかじめ決められたところに打ち込み、仕太刀がそれに勝ち得る技で応じる。通常、打太刀は技術上位者が行い、仕太刀の技を引き出す。

抜き付け《ぬきつけ》

刀を抜くと同時に斬りつけるスムーズな流れ技。

突き《つき》

北辰一刀流の真骨頂。必殺の攻め手。

受け流し《うけながし》

打ち込みをかわして、逆に打ち込む。

強敵との勝負

影二郎　剣戟十五番

映像を見るような迫力満点の剣戟シーンは「狩り」シリーズの大きな魅力。
忘れられない強敵との勝負「十五番」を厳選、ハイライトで再現！

一番

夜明けの下野《しもつけ》黒塚《くろづか》宿―『八州狩り』

相手 **火《ひ》野《の》初蔵《はつぞう》**

悪徳の八州廻り。養子になる前は八巻姓。鏡新明智流桃井道場で、影二郎より十四、五歳年上の兄弟子だった。影二郎と情を交わした鳥追いのしず女を斬殺後の対決。

勝負ハイライト

・初蔵、右脇構えで歩を進める。影二郎、先反佐常《さきぞりすけつね》を抜き放つ。
・初蔵、右脇構えのまま、右へ右へと円を描くように移動。影二郎は正眼。

・影二郎、砂塵を防ごうと眼を細める。瞬間、初蔵は影二郎の右手に飛ぶと見せかけて左に入りながら、斜に構えた剣を影二郎の首筋に伸ばす。
・影二郎、弧を描いて襲いくる剣の内側に入って、初蔵の額に面打ち。
・初蔵、上体をねじって躱《かわ》す。
・両者、回転して向き直る。間合いは一間。
・初蔵、上段から正眼に下げながら突進。影二郎さらに姿勢を沈め、下段から円弧を描く佐常とともに一気に伸び上がって、初蔵の剣をはね飛ばす。
・初蔵、剣をはねられながらも横に滑って向きを変え、伸びきった影二郎の胴を薙《な》ぐ。初蔵の剣、影二郎が帯にはさんだしず女のばちを両断し、帯に食い込む。
・同時に影二郎の佐常、初蔵の首筋をとらえ、肩口から胸を深々と袈裟《けさ》に斬り割る。

初蔵、死に際に「瑛二郎、さすがにあさり河岸の師範代を務めた腕前だ、褒めてとらす」と、影二郎の腕を称す。しず女のばちで助けられた接戦。

二番

相手 伊豆戸田峠《いずへだ》――『八州狩り』

足木孫十郎《あしぎまごじゅうろう》

［関東取締出役で神道無念流岡田十松門下、練兵館を開いた斎藤弥九郎と肩を並べるほどの天才剣客。江戸で「大塩」的な乱を画策する。］

勝負ハイライト

・孫十郎、正眼。影二郎は佐常を右肩に担ぐように立てる。間合いは四間ほど。
・孫十郎徐々に下がる。影二郎は動かず。
・孫十郎、正眼から脇構えへ。絶叫を発した孫十郎は中腰のまま突進。間合いが一気に縮まるが、影二郎は動かず。
・孫十郎、脇構えから円弧を描いた剣を影二郎の胴へ。瞬間、影二郎の腰が入り、佐常を振り下ろす。孫十郎の抜き胴と影二郎の真っ向唐竹割りが交錯。
・振り下ろした佐常が孫十郎の額を割り、影二郎は胴斬りを剣の内側に身を滑り込ませて躱して勝負あり。

富士の峰を望む早春の戸田峠、孫十郎と同門で先輩の江川太郎左衛門立ち会いでの決闘は、影二郎の流れるような身のこなし。重い静寂のあと、見守る人々に同時に漏れる大きな溜息。江川太郎左衛門に「あっぱれな剣」と言わしめる。

三番

北信濃《きたしなの》中野《なかの》陣屋（遊幻亭）の庭—『代官狩り』

相手 **佐《さ》野《の》勢三郎《せいざぶろう》**

「悪徳代官岡本次郎左衛門と結託する代官元締で神道無念流練兵館の免許皆伝。」

勝負ハイライト

・勢三郎走りながら姿勢を低くして刀を抜き打ちにし、脇構えから車輪に回し影二郎の脇腹を襲う。
・影二郎、佐常で払いつつ、前方へ走り抜ける。すれ違いざま、刃と刃が火花を散らし、双方位置を変えて相対する。間合いは三間。

・影二郎は正眼。勢三郎は突きの構え。
・影二郎、喉元を突いてくる勢三郎の剣を斬り落とす。勢三郎、躱された剣を一転させて抜き胴。影二郎は懐深く入り込み、柄頭で勢三郎の胸を叩く。
・双方、斬撃の機会をうかがう鍔迫り合い。
・双方、互いを押し戻すように飛び下がって剣を振り下ろす。勢三郎は小手に、影二郎は大きく首筋に。勢三郎の剣、佐常の鍔を割るも小手に届かず。佐常の切っ先、勢三郎の首筋を刎ね斬る。

悪行裁きの始末戦は、見ていたおこまが立ちすくむ接戦。

四番

越後名立《なだち》の浜の鳥《とり》ケ《が》首《くび》岬・深川極楽島―『代官狩り』

相手 毛《け》抜《ぬき》の眼《げん》覚《かく》

「加賀藩参勤下番の行列を追う影二郎の命を狙う刺客集団七坊主の小頭。影二郎、越後の荒海間近の砂浜で、手下を倒したあとでの一騎打ちは止めを刺せず。深川極楽島で再度戦う。」

勝負ハイライト（越後名立の浜の鳥ヶ首岬）

・影二郎、波打ち際に走る。眼覚、合わせて横走りに疾走。
・波打ち際で両者止まる。眼覚は直刀を顔の前で横に寝かせる柳の構え。一方の手で錫《しゃく》を突き出し、じゃらじゃら鳴らす。
・影二郎、集中のため両眼を閉じる。眼覚の投げた錫をおこまの白扇が払い落とす。
・影二郎、眼覚に突進。正眼の剣を眼覚の首に振り下ろす。眼覚は柳の構えから影二郎の首に直刀を引き落とす。
・突進しつつ斬り下げた影二郎の斬撃が一瞬早く眼覚の首に達する。眼覚の直刀は影二郎の肩口を流れる。眼覚倒れるが傷浅く逃れる。

勝負ハイライト（深川極楽島）

・首領を殺され、手下に見捨てられた眼覚、左肩に傷を負った影二郎の周りを円を描くように横走り。一条の輪になったところで影二郎の頭上から斬撃。影二郎は右手に佐常、左手に国安の大小二刀で眼覚の直刀を受け止める。
・押し潰そうとする眼覚、押し戻そうとする影二郎のせめぎ合い。

・影二郎、左手の国安の力をふいに抜く。眼覚の体が泳いでたたらを踏んだところ、その首筋を佐常が刎ね斬る。

二度にわたって戦い、影二郎を追い詰めた強敵。

五番

信州下諏訪《しもすわ》宿春見屋―『破牢狩り』

相手 **常方相左衛門《つねかたそうざえもん》**

「上州浪人三十九歳、切放破牢一味の剣客。」

勝負ハイライト

・座して膝に刀を横たえ、悠然と茶碗酒を飲む相左衛門。

・相左衛門、ふいに茶碗を真上に放り投げ、正座のまま膝の剣を鞘走らせ、影二郎の両足を襲う。

・影二郎、切っ先から逃れるように横っ飛びに頭から襖にぶつかって隣室へ逃れる。相左衛門、立ち上がって落ちてきた茶碗を片手で摑み、影二郎に迫る。
・影二郎、間合いの外に逃れようと転がり続け、次の間の襖に追い詰められる。左手をついて上体だけをわずかに上げ、佐常を横に構える。
・相左衛門、片手の茶碗酒を飲み干し、茶碗を捨てる。と同時に右手の剣を片手殴りに、影二郎の顔面に振り下ろす。
・影二郎、無意識に片手一本で佐常を振り、さらに切っ先を伸ばして相左衛門の太股を深々と斬り上げる。
・相左衛門の剣の切っ先、襖を切り割り、敷居に落ちた影二郎が鍔元で受け、顔の半寸先で止まる。

戦いの舞台は一味と通じて横領に加担する春見屋。影二郎、危機一髪。鍛錬とセンス……無意識の身のこなしで勝利する。勝ちを確信していた相左衛門は「なんという剣じゃ」と、驚愕。

六番

内藤新宿《ないとうしんじゆく》薬種問屋金峰伊丹――『破牢狩り』

相手 **尾村眩斎《おむらげんさい》**

「破牢・横領一味と結託する大目付秋水左衛門丞の用心棒。尾張柳生の流れを汲む殺人剣。」

勝負ハイライト

・双方間合い一間半。眩斎、わずかに腰を沈め、右手を脇腹にたらしたまま。影二郎は無念無想、不動で対峙。

・行灯の灯心がかすかに揺らいだ直後、眩斎疾走。沈みきった腰を伸ばしながら刀が一気に抜き上げられ、影二郎の右胴を斜めに襲う。

・影二郎、後《ご》の先《せん》を選ぶ。長い腕を利して、佐常を鞘走らせて小さな弧を描かせ、襲いくる眩斎の伸びた右肘を鋭く切断。

・影二郎、眩斎が残った左手を脇差にかけたとき、振り上げた佐常を振り下げ、首筋を刎ね斬る。

相手の勢いを静かに受け流し、一瞬の展開で勝負を決める。

七番

南山《みなみやま》御《お》蔵入《くらいり》 隠れ里近くの峠——『妖怪狩り』

相手 **満田《みつだ》左内《さない》**

目付鳥居耀蔵の配下、幕府徒目付で、大坂の陣参戦の武者に由来し会津藩・島津藩に伝わったという溝口派一刀流の使い手。漆の隠し林の存在を知り、横領を画策して隠れ里を襲う。

勝負ハイライト

・ゆるやかな起伏の斜面に五、六間の間合い。高い位置に左内。
・左内、上段の構え。影二郎は右足を前に開いて立つ。
・左内、腰を沈め、雪崩れるように影二郎に突進。影二郎、佐常を抜き上げながら斜面を駆け上がる。
・上段から振り下ろされる左内の剣を、地面すれすれに抜き上げられた影二郎の佐常が両断、そのまま脇腹から胸部へ深々と斬撃。左内の体も両断して倒す。

凄まじい技と豪剣。目撃者たちは恐怖の静寂……「旦那とは戦いたくねえな」が忠治の言。

八番

長崎諏訪《すわ》神社三百段の石段—『百鬼狩り』

相手 **劉白紘《りゅうはくげん》**

「百鬼水軍の頭領。七尺の巨漢で青龍刀の使い手。密貿易を企てるお歌、唐津藩国家老らと結託。」

勝負ハイライト

・影二郎より十段ほど上に位置する白紘、両手に青龍刀を持ち、それぞれをぐるぐる旋回させる。

・影二郎、佐常の切っ先を下げて左に置き、石段の端を境内に向かって蟹の横ばいのように駆け上がる。同時に白紘も反対側を駆け上がり十段ほどの差を保とうとする。

・差を保って駆け上がる白絃が境内に達しようとするところで、影二郎、ふいに止まり、上がってきた石段を駆け下りる。白絃も合わせて下りる。
・影二郎、石段を駆け下りながら佐常を右手一本に持ち替える。
・影二郎、先に倒した武人の青龍刀を摑みとり、白絃同様二刀となる。
・白絃、二刀を旋回させながら影二郎に飛びかかる。影二郎、白絃の青龍刀が旋回する渦の中心に青龍刀を投げ打つ。
・投げ打った青龍刀は両断されて飛び散るも、白絃の青龍刀の旋回が乱れる。瞬間、影二郎の右手の佐常が擦り上げられ、虚空を飛ぶ白絃の左足を襲う。
・均衡を崩した白絃、影二郎のかたわらに落ちて右手の青龍刀を失うが、素早く立ち上がって左手の青龍刀を構える。白絃と影二郎の位置逆転。
・高みに立った影二郎、跳躍。両手で持った佐常を振りかぶり、白絃の眉間に向かって叩き込む。
・影二郎、着地。白絃、眉間を割られ、石段を転がり落ちる。
死に際、白絃の口から洩れたのは「夏目影二郎、おそろしや……」。目撃した長崎奉行の戸川播磨守安清は「すごいものを見せてもらった」と、興奮を隠せず。

九番

筑前《ちくぜん》に向かう唐津《からつ》藩の国境の峠――『百鬼狩り』

相手 板倉三郎助《いたくらさぶろうすけ》

「目付鳥居耀蔵の配下、黒鍬組の頭領。尾州藩伊藤伴右衛門高豊が流祖の平法剣。」

勝負ハイライト

・三郎助、胸前に剣を水平に寝かせて、切っ先を影二郎の胸に向ける。間合いはほぼ一間半。影二郎は下段の構えで刀を寝かせる。
・妖気をもった三郎助、切っ先をゆっくり左右に動かし、影二郎を眩惑、催眠状態に陥らせる。
・三郎助、切っ先の動きはそのままに影二郎との間合いをじりじりと詰める。
・間合いが一間を切って、さらに影二郎に迫る三郎助。影二郎の両の瞼はほとんど閉じられる。
・完全に瞼を閉じた影二郎の上体が大きく揺れる。その喉元を狙って三郎助の剣の切っ先が上がった。

・はからずも、おこまが鳴らした三味線の弦の音で、影二郎覚醒。喉元に襲いかかる三郎助の突きを本能的に躱し、激しく前に倒れ込む。一文字笠を切り裂かれるが、同時に下段の佐常を擦り上げた。

・影二郎の佐常、突進してきた三郎助の太股から腹部を両断するように斬り上げて勝負あり。

鳥居耀蔵の命に反しての、三郎助の影二郎への挑戦。目撃した喜十郎・おこま父娘も、邪剣に影二郎敗北と観念するほどのきわどい勝負となった。

十番

南部《なんぶ》藩領、恐山《おそれざん》の河原―『下忍狩り』

相手 **法源《ほうげん》新五郎《しんごろう》、燵村《たつむら》左五平《さごへい》、幕内《まくうち》権太左衛門《ごんたざえもん》**

「「千葉の若法師」「水戸三羽烏」と称された、北辰一刀流千葉周作道場玄武館の元門弟。素行の悪さで破門された。三対一の戦い。」

勝負ハイライト

・刀を抜きつれた三名、新五郎を後方におく逆楔形陣形。影二郎から見て右に巨漢の権太左衛門、左に中肉の左五平。
・新五郎は正眼、左五平は右脇構え、権太左衛門は左八双。影二郎は、体の左手から地擦りの佐常の切っ先をゆっくりと無限の円を描くようにして天空へ突き上げる。
・影二郎の佐常が下降しようとした瞬間、左五平動く。影二郎、右前方に飛び、八双から振り下ろす権太左衛門の懐に入り込んで巨漢の肩口を深々と斬り下げる。
・影二郎、権太左衛門を倒すと反転して元の位置へ跳躍。佐常を地擦りから上昇させ、左五平の脇構えの剣を弾き飛ばして胸部を斜めに斬り上げる。
・流れるような影二郎の斬撃。新五郎は正眼の剣を左肩に引き付けると、体勢を立て直そうとする影二郎の背に必殺の一撃。

・影二郎、流れに飛び込んでかわす。新五郎も追って飛び込む。

・水中から立ち上がった二人の間合いはほぼ二間。上流に新五郎。

・新五郎、上段の構え。影二郎は佐常を虚空に突き上げる。

・影二郎、佐常を突き上げたままゆっくりと水中に沈む。首の下まで沈んだとき、新五郎、影二郎に突進。

・影二郎、頭まで水中に没した直後、空中に飛び上がり、佐常を新五郎の眉間に叩き付ける。

流れるような斬撃で、三強者を短時間に屠《ほふ》る。「見事である、夏目影二郎！」。見ていた南部藩主利済《としただ》が思わず叫んだ。

十一番

相手 足尾《あしお》銅山壱の廃鉱坑口前――『鉄砲狩り』

経徳桜次郎《きょうとくおうじろう》

影二郎より十三、四歳年上、結核を患う。北辰一刀流千葉道場玄武館で、立合いでは流祖千葉周作もたじたじだったという。素行の悪さで破門となり「幻の剣客」と呼ばれる。鳥居耀蔵配下の刺客として、川越で火事騒ぎに紛れて若菜を誘拐、人質にとって影二郎を誘い戦いを挑む。

勝負ハイライト

・影二郎は脇構え、桜次郎は八双。間合いは五間。
・長い静寂の後、桜次郎、八双のまま影二郎に突進。
・影二郎も脇構えで腰を沈め、迎え撃って走る。
・桜次郎、影二郎の肩口を袈裟に斬り割ろうと雪崩れ落ちる。
・影二郎の佐常、真一文字に桜次郎の胴へ伸びる。
・桜次郎の剣、影二郎の一文字笠を斬り破るも、腰が存分に入った影二郎の抜き胴が一瞬早く勝負あり。

斬られた桜次郎「夏目影二郎、見事なり」の言葉を遺す。

十二番

白根山《しらねさん》下の岩山の大きな洞の前──『奸臣狩り』

相手 西念寺一傳《さいねんじいちでん》

［京下りの盲目の剣客。杖代わりの京女五月女とともに、八州廻り八巻玄馬配下の矢板の寅五郎に雇われ、国定忠治の命を狙う。］

勝負ハイライト

・影二郎、一傳から勝負を挑まれた忠治より、相手を引き受ける。
・一傳、細身の剣を右手一本に立てて構える。影二郎、未だ構えず、間合いは二間を切る。
・影二郎、両眼を閉じ、凍てつくように静かに時が流れる。
・あかの鳴き声と同時に、影二郎、一傳の内懐に飛び込む。影二郎を呼び込んだ一傳、片手斬りを振るう。
・影二郎、佐常を一気に引き抜く。一文字笠が切り割られた瞬間、一傳の胴は佐常に深々と撫で斬られる。仇討ちに直刀を振りかざして突進する五月女、突き出された佐常の切っ先に喉元を斬り裂かれて死す。

見守っていた忠治。長い静寂の後、「助かったぜ」と呟く。

十三番

相手 **カピタン義兵衛《ぎへえ》**

品川《しながわ》沖、謎の海城の台場——『役者狩り』

「鳥居耀蔵と手を組んで密かに日本開国を企み拠点づくりを進める亜米利加の手のもの唐国屋義兵衛、またの名をカピタン義兵衛。影二郎の南蛮外衣を奪い、挑発する。海城爆発間際の和・洋剣の戦い。」

勝負ハイライト

・カピタン義兵衛、六尺三寸を超える長身の異人。腰に吊るのはサーベル。
・義兵衛、右手でサーベルを水平に、もう一方の手を軽く上げて構える。影二郎は正眼。

・気合いとともにサーベルの切っ先が伸びてくる。影二郎、後退しながら弾く。空中へ弾かれたサーベルは構え直され、円弧を描いて影二郎を攻める。
・義兵衛の連続攻撃に影二郎後退。
・義兵衛、勝負に出た激しい連続刺突。
・影二郎、後退せず、逆に踏み込みざま、突き攻めるサーベルの鍔元を弾く。義兵衛、突きから斬撃に変化。
・その一瞬の間。影二郎踏み込み、佐常で義兵衛の胴を回し斬り。
爆発に巻き込まれる危険を冒しての異種剣術戦は影二郎の勝利。

十四番

箱根女ころばしの坂—『秋帆狩り』

相手 串《くし》木《き》野《の》虎《とら》之《の》輔《すけ》

〔鏡心明智流あさり河岸桃井道場の「士学館の虎」と恐れられた影二郎の兄弟子。鳥居耀蔵の刺客として影二郎と対決。〕

勝負ハイライト

・真っ直ぐな坂の坂下中央に虎之輔。坂上に影二郎。間合い三間。
・影二郎、篠突く雨の中、南蛮外衣を脱ぎ去り、石畳を蹴って虎之輔に殺到。
・虎之輔の脇構えがゆっくりと回転、迫る影二郎の胴を薙ぎ斬る。
・瞬間。影二郎、雨中に飛び上がり、虎之輔を飛び越えて、その背後に体を沈めて着地。
・虎之輔、即座に反転。上段に構えつつ間合いを詰めてくる。
・影二郎、佐常を抜き打ち後方へ引き回す。
・影二郎、体をひねって後ろ回し斬りに勝負を賭ける。虎之輔、上段から振り下ろす。
・佐常、わずかに早く虎之輔の胴を深々と薙ぐ。

死に場所を探す虎之輔に無念無想の影二郎の佐常が応えた。

十五番

下田《しもだ》街道雨の天城《あまぎ》峠下り道—『鵺女狩り』

相手 **鳩尾帯水龍熾《みぞおちたいすいたつおき》**

「鳥居耀蔵の刺客。夢想無限流棒術の首領。影二郎に弟子の六人衆が倒された後の、一対一の戦い。」

勝負ハイライト

・龍熾、金剛杖を発止！と構える。杖の先端に仕込まれた一尺ほどの直剣出現。龍熾の得物の長さ七尺。
・龍熾、直剣付きの金剛杖を水平に構える。影二郎は正眼。峠道の上手に龍熾、下手に影二郎。間合い二間半。
・龍熾、右手で金剛杖を回転させ影二郎に迫る。
・影二郎、後ろ向きのまま、蛇行する下りを後退。龍熾の回転金剛杖が追う。

・影二郎、横手の岩場に飛び上がる。龍熾の回転金剛杖、岩場横手の楢《なら》の太枝を両断。
・影二郎、再び峠の下り道へ飛ぶ。着地の瞬間、その脛を撫で斬るように金剛杖の先の刃が襲う。
・影二郎、刃を逃れて峠上へ飛ぶ。着地点の緩んだ地盤に右足をとられ谷川に向かってずるずる落ちるのを、左手で山椿の枝を摑んで辛うじてこらえる。半身は崖外。
・進退きわまった影二郎に、龍熾、金剛杖を槍のように突き出し迫る。
・そのとき、一本の金剛杖が龍熾に向かって飛んでくる。龍熾、刃付き金剛杖で打ち払う。
・その間隙をついて、影二郎、山椿の枝を摑んだ手に力を加え峠道へ飛び戻る。龍熾と肩と肩をすり合わせるほど間近。
・龍熾、金剛杖を引き付ける。影二郎、腰を沈めつつ、右手に持った佐常の峰先に左手を添えて半身を回し、左肩上から後方へ突き上げる。
・佐常の切っ先、龍熾の体を抉る。影二郎、佐常を離し、峠道へ前転して龍熾から離れる。
・佐常、龍熾の背から喉を突き通し、勝負あり。

影二郎、絶体絶命のところを、煙草売りの杢助《もくすけ》の投げた金剛杖で助けられる。

影二郎

決めぜりふ　名ぜりふ

影二郎の痛快さは剣戟の妙とともに、その剣の冴え同様の斬れ味鋭い「せりふ」にある。とにかくきっぱりとした明快さが魅力。悪を断つ容赦なさ、権力をものともしない小気味よさ、根にある優しさ……影二郎を印象づける胸がすく決めぜりふ・名ぜりふをピックアップした。

「三途《さんず》の川の渡し賃じゃあ！」

水の流れるような一閃で、腐敗八州廻りの道案内、荒熊の千吉を始末。その体に数枚の銭を撒いての決めぜりふ。──『八州狩り』

「あの世で閻魔《えんま》がおまえを待ちうけておる」

逃散の百姓衆を川に落として殺害した十手持ちの下っ引き鶴首の三太を始末。──『代官狩り』

「佐野勢三郎、亀吉に誂《あつら》えさせた棺桶に入る身だ。浮き世のことを気にするでない」

北信濃中野陣屋で悪徳代官元締を始末の際に。――『代官狩り』

「そなたが苦しみ悶《もだ》えながら殺してくれと哀願する殺し方を、知らぬわけではない」

淡々と……。秘密を喋らせる言葉にも凄みがある。――『代官狩り』

「新たな朝日を拝む前に地獄へ旅立て」

影二郎の命を狙う刺客集団七坊主の小頭、毛抜の眼覚と対決して。――『代官狩り』

「礼五郎、切放を画策して破牢した罪軽からず、江戸に送る手間も煩わし。そなたの素っ首、先反佐常が斬り落としてくれる！」

破牢の短筒の礼五郎を断罪して始末。――『破牢狩り』

「桃井の床板の嘗《な》め方が足りぬわ」

鏡新明智流桃井道場の後輩、破牢一統の副主犯伊丹主馬を倒しての決めぜりふ。――『破牢狩り』

「松沢某ははや地獄道を辿っておる」

おたきを拷問する満田左内の配下たちの一人を倒して、次の始末に向かう際の言葉。──『妖怪狩り』

「伝三、三十二番札所から地獄へ旅立てえ」

おたき拷問の主導者、やくざと十手持ちの二足の草鞋を履く伝三を始末。──『妖怪狩り』

「ならば妖怪鳥居耀蔵をこの場で討ち果たすまで」

鳥居耀蔵の売り言葉「夏目影二郎、父親の常磐豊後守ともども白洲に引きだそうか」に対して。――『妖怪狩り』

「邦之助、倭寇《わこう》になって生きよ。生きて父を見返せ！」

母の仇と影二郎に挑む水野忠邦の隠し子邦之助を峰打ちにしての言葉。「この若者を海で育ててはくれぬか」と身柄を百鬼水軍に託す。――『百鬼狩り』

「無頼の剣に綺麗事などない」

「紳次郎、叔父のあとを追え。数刻後にはそなたの父も同じ道を辿ろうぞ」

「唐津の神童」と畏敬されていた等々力紳次郎の突進に、影二郎、佐常を投げて刺し貫く。

紳次郎の「きたなか……」の呟きにこのせりふを続けて。その剣を抜き去る際に後の言葉。──『百鬼狩り』

「老中首座の陰嚢《ふぐり》いささか握ってござる」

尾張藩とその御付家老で犬山城主の成瀬隼人正正住の内紛の調停のために、三枝謙次郎こと松平義理《よしまさ》と会見の際、「念を押す。幕府は不問に付して頂けますかな」の言葉に対して。──『五家狩り』

「今宵は三ツ木の文蔵の供養舞だ。文蔵、とくと見よ」

獄門に首を晒された忠治の子分三ツ木の文蔵の家で、忠治を待ち伏せする南町奉行鳥居耀蔵配下の筆頭与力淀村恒有らを相手に。手下を屠って一人残った恒有には「主に代わってそなたが責めを負って地獄へ参れ」の言葉を放ち、始末は忠治に譲る。──『鉄砲狩り』

「有象無象《うぞうむぞう》を相手にするには七代目は名題過ぎる。そなたらのような闇を這いずる輩の相手はこの夏目影二郎が頃合であろう」

中村座・市村座、浅草猿若町移転前の堺町での名残興行・二座競演の初日。七代目市川団十郎を亡き者にしようとする鳥居耀蔵の刺客猿面冠者らに言い放つ。——『役者狩り』

「市田総庵、そなたの死に場所に相応《ふさわ》しかろう。光もなき奈落が地獄への一里塚だ」

名残興行の舞台の奈落で、鳥居耀蔵が影二郎に放った刺客、妖幻無想流市田総庵を相手に。——『役者狩り』

影二郎・忠治——湯の交流録

立場を異にしながらも、行動に、発言に共鳴。互いに認め合い友情を抱き始める影二郎と忠治。コミュニケーションの舞台は「湯」だ。助け助けられの二人の関係や思いの変遷がみえる湯の出会いシーンを振り返ってみよう。

その一

箱根・底《そこ》倉《くら》温泉の露天風呂『八州狩り』

「八州狩り」の最後の強敵、足木孫十郎を伊豆の戸田峠で倒した後、江戸に帰る途中に立ち寄った癒しの湯。春の箱根山中、影二郎のみが浸かっていた広い露天風呂で……。

水戸の東照宮本殿の天井から間近に声を聞いて以来、影二郎と忠治は、互いの立場や事情を推測も含めて語らう。戸田の海では乗っていた千石船を沈められたというのに、忠治は「戸田では冷や汗をかきましたぜ」と恨みもなくスポーツの好敵手のよう。二人は、立場や方法は違えど、思うところや考え方、行動の基盤に共感を覚えているようだ。忠治の「まだ関八州をさすらいなさる」に、影二郎「おまえのようにな」。「またどこかでお目にかかりましょうかい」の忠治の言葉に、抱き始めた影二郎への好感がこもる。

♨【底倉温泉ガイド】
にぎわう温泉郷にあっては、静かで湯治場ムードが味わえる穴場的存在。宮ノ下のすぐ近く、蛇骨川にかかる八千代橋手前の川沿いの岩盤の割れ目から高温の単純温泉が湧出する。江戸時代には湯治場として知られ「箱根七湯」のひとつに数えられていた。小田原攻めのとき、豊臣秀吉が兵を癒したという「太閤の石風呂」跡が残る。

その二

下《しも》野《つけ》宇《う》都《つの》宮《みや》宿・商人宿下駄屋の木風呂『破牢狩り』

破牢一味を追って、横領の拠点のひとつ宇都宮宿へやってきた影二郎と喜十郎・おこま父娘。おこまが見つけてきた、二階屋全体が傾きかけた古びた宿の大きな木風呂で……。

影二郎が入った風呂の先客が、湯船に浸かって顔だけ出した忠治。今回は突然の出会いか「南蛮の旦那……」と忠治は驚いている。風呂から出がけに、忠治が有力情報をくれる。

その三

奥州道中八十一番目有壁《ありかべ》宿の旅籠の風呂『下忍狩り』

津軽の黒忍びの残忍で卑劣な所行に怒る影二郎。決着をつけるために平泉へ向かう道中、宿泊することになった有壁宿の脇本陣にもなるという旅籠の風呂で……。

夕刻、風呂へ行く影二郎。薄暗い湯殿で湯船に浸かる先客は忠治。「おれとおまえに貸し借りはない。が、腐れ縁と思って一つ頼まれてくれぬか」。影二郎は、黒忍びの人質となった少年三吉救出の助力を求める。また忠治の話から、津軽と南部の実情を把握。会うべき人として高野長英の養父である玄斎まで示される。ここでの忠治は、頼れる友、よき協力者だ。去り際の二人の会話は、「またどこぞで会いましょうかね」の忠治に、「近々な……」と影二郎。「互いに風の吹き具合だ」が別れの言葉。

その四

川越《かわごえ》の旅籠仙波屋の湯『鉄砲狩り』

影二郎と若菜、萌の遺髪を納めて供養するための墓参りで訪れた川越。若菜が決めておいた宿、仙波屋の湯で……。

影二郎は仙波屋で、幕府演習場で起こった最新式鉄砲盗難事件探索の命を受ける。そんな折の夕暮れの宿の湯。先客として忠治がいる。自分なりの義を通しながらも、幕府に追い詰められる忠治。一家立て直しに盗まれた鉄砲奪取を宣言する。湯から去り際、「どこぞでお目に掛かりましょうかえ」と忠治。「その折には酒でもしみじみ酌み交わしたいものだな」と応える影二郎。二人は理解し合い、友情が深まっている。「待ってますぜ」の言葉を残し、忠治は消える。

その五

草津《くさつ》の町の辻、薬師の湯『奸臣狩り』

幕府の奢侈・贅沢禁止令により料理茶屋「嵐山」が商い停止となった年の

瀬に、影二郎が企画したじじ様・ばば様孝行・慰労の草津湯治の旅。草津に着いた翌朝、町の辻の湯屋薬師の湯で……。

土地の古老と入れ代わりに湯に浸かった影二郎。湯船の端に浸かっていた先客がこちらを向く。「南蛮の旦那、おまえさんとはよくよく湯で縁があるな」。忠治である。八州廻り八巻玄馬に追われる忠治は、現状を影二郎に語る。『鉄砲狩り』で、かどわかされた若菜救出に忠治の力を借りた影二郎は「おれがやることがあれば言え」と、必要なときの助力を約す。助け助けられの協力関係。二人の友情はさらに深まる。

その六　再び、草津の町の辻、薬師の湯『奸臣狩り』

忠治一統による八州廻りの二つの臨時木戸番所襲撃の夜が明けた元日の朝、影二郎と若菜が入る薬師の湯で……。

「夏目様、お内儀様、相湯を願いましょうかな」と、湯に入る忠治。八州廻りに追われている。若菜とは初の対面。そこに八州廻り八巻玄馬ら追手が迫る。忠治は、影二郎の手助けで天井の梁《はり》へ。若菜は裸身の背を入り口に向けて追手の動揺を誘う。影二郎と若菜の機転と連係で、忠治は危機を脱す。

♨【草津温泉ガイド】

群馬県の北西部、白根山東麓の古くから万病に効くと愛された名湯。江戸時代の温泉番付では最高位の東の大関。草津温泉ファンだった八代将軍徳川吉宗は、江戸まで草津の湯を運ばせたという。温泉街の中心に湧出する湯畑は昔も今も湯量豊かな草津のシンボル。そして、高温（五十～九十度）で知られる草津は、板で湯をかき混ぜて温度を下げる「湯もみ」が名物。「熱の湯」で体験もできる。影二郎・忠治気分を味わうなら、「白旗の湯」「地蔵の湯」など、町の各所にある共同浴場がおすすめ。

草津のシンボル。湯畑の湯滝

その七

浅草《あさくさ》西《にし》仲町《なかまち》の門前湯『秋帆狩り』

江川太郎左衛門に高島秋帆を守ってほしいと頼まれた夏の宵、浅草西仲町の銭湯門前湯で……。

仕舞い湯、石榴口《ざくろぐち》を潜った湯船には先客が一人のみ。「南蛮の旦那、堅固《けんご》でなによりだ」。忠治である。今回は忠治のほうからの頼み。八州廻り中川誠一郎と忠治の伯父勘助のつながりを調べてほしいという。承知した影二郎も、鳥居耀蔵の弱み探しを忠治に頼む。「南蛮の旦那と会うとよ、心が晴れる。なぜかえ」と、信頼関係で結ばれる二人。共同戦線はいよいよ強固となった。

その八

石廊崎《いろうざき》下の長津呂《ながつろ》湊《みなと》近くの岩場の湯『鵺女狩り』

下田の秘密会議に向かう秀信・影二郎と開明派一行。鳥居耀蔵一派の待ち伏せに遭って危機一髪のところを、忠治一統に助けられる。再び始まる偽装遍路旅。父子で浸かる長津呂湊近くの岩場の湯で……。

いつの間にかひっそりと浸かる忠治。秀信とは初対面である。あわてる秀信に影二郎は事情を説明して、忠治に礼を言う。「南蛮の旦那の頼みとあらば百里はおろか千里さえ駆けつけねば義理が済むめえ」と忠治。「われら、相身互いであったな、そなたが獄門にかかるとき、おれが介錯《かいしやく》を勤めようか」と言う影二郎に「そいつはありがてえ」と、忠治は喜色の声を上げる。もはや親友の域。共通の敵、鳥居耀蔵を再確認する。

その九

乳《にゆう》頭《とう》温泉郷鶴の湯の外湯『忠治狩り』

角館で忠治が八州廻りの関畝四郎ら捕方に射殺されたあとの大晦日。乳頭温泉郷鶴の湯の外湯で……。

乳白色の湯に影二郎一人のはずだったが、眼を開けるともう一つ頭が。ゆっくりと近づいてくる髭面は……忠治である。身代り芝居の事情説明。「忠治、おれとおめえには貸し借りなしだ。だが、此度の身代り騒動、釈然とはせぬ」と、影二郎。深まった二人の関係にわずかにかげりが生じる。将軍の日光詣でに関わらぬことを忠治に約束させての別れ。次の出会いはいつ、どこの湯か……。

♨【乳頭温泉郷鶴の湯ガイド】

ぶなの森の中、魅力あふれる秘湯として温泉ファンに絶大な人気を誇る乳頭温泉郷。田沢湖を見下ろす乳頭山麓に個性的な温泉と一軒宿が点在する。なかでも鶴の湯は江戸の昔に戻ったかのようなたたずまい。木造り、茅葺き屋根の本陣棟や湯小屋は味わいがある。本場面同様、露天風呂で乳白色の湯に身を沈めれば、湯気の向こうから忠治が声をかけてきそうだ。

鶴の湯の露天風呂

ロマンスの香り

影二郎を慕う女たち

影二郎は老若問わず、総じて女性に好感をもたれる。とにかく「もてる」。情報を得たり、情交に及んだり……男としてうらやましいばかり。影二郎と印象的な女性とのロマンスの香りただようシーンをプレイバックしてみよう。

鳥追いのしず女《め》 ―『八州狩り』

出会いは影二郎「八州狩り」の旅の途中。大谷川《だいや》にかかる橋の下の流れ宿《ぐ》で同宿となった。年の頃は二十六、七。江戸浅草裏育ちの鳥追い。悪行の八州廻りの手先、沢蟹の由松に恨みを持つ。

宿での最初の夜の明け方、影二郎に一目惚れのしず女は「旦那……」「抱いてくださいな」と、身を委ねる。影二郎は「据膳《すえぜん》を食うても恩義には感じない男だ」と情を交わす。終えて……しず女は「だれにもこんなことをしてるわけじゃないよ」「だってそんな女に見られたくないもの」とかわいい。

その後は、賭場や渡し場などで危険に遭いながらも影二郎の八州廻り探索を手伝って同行。女房気取りのしず女は幸せそうである。

　しばしの別行動の間に、八州廻り火野初蔵に捕われたしず女は影二郎の目の前で斬り殺される。

　影二郎の「死ぬな、しず女」に、最期の言葉は「萌様のように……」。しず女の気持ちがいじらしい。その思いが目に見えない力となって、形見の三味線のばちが影二郎の命を守ることになる。わずかな日々、旅をともにした二人だが、確かに情は通い合っていた。

さや ——『八州狩り』

　水戸で出会った藤田東湖の妹。

　あかと影二郎に因縁をつける酔っぱらいの水戸藩蔵奉行を抑えてくれた東湖・さや兄妹。さやが別れ際に静かに言った「夏目様、いずれまたお目にかかる機会もありましょう」が、二人の関係の進展を予感させた。後日、影二郎が水戸城中で東湖に会ったときも「さやもそなたに会いたがっておる」の言葉。時をさほどおかず町でのさやとの出会い。さやは影二郎を菩提寺に誘う。「墓前に殿方をお連れしたのは初めてのこと、母がびっくりしましょうな」から始まる会話にはさやの恋心がうかがえる。

水戸での別れのとき、流れ宿を訪れたさや。「また水戸にお立ち寄りなさいますか」「お待ちしております」の言葉に、影二郎はさやの瞳を見てうなずいている。これから先、二人の出会いは再びあるのか……。

おたつ ――『代官狩り』

深川極楽島の煮売酒屋はまぐり屋の主、善五郎の娘。三十前で婀娜《あだ》っぽい。父娘ともに影二郎が十五、六の頃からの知り合いだ。二年半ぶりになる再会に「え、影二郎さん……」。おたつの双眸に涙が盛り上がる。「影二郎さんの姿を見掛けなくなって島の暮らしがつまらなくなった」と言うおたつ。間違いなく、影二郎を慕う女の一人である。

吉祥天のおたき ――『妖怪狩り』

忠治に会うために南山御蔵入に向かう途中、川治の宿の河原の湯壺で初めて対面する。

年の頃は二十七、八。奥州の出で江戸暮らしが長いという色白の美形で、背に鮮やかな吉祥天の彫り物がある鉄火肌の姐御。実は勘定奉行遠山左衛門尉景元の密偵である。

　南山御蔵入へは、互いの正体を探り探りの二人旅。道中、おたきは、度重なる危機や難儀の際、影二郎にことごとく助けられ励まされ、同道を続ける。この間の影二郎が見せる男気、やさしさはおたきならずとも心動かされるはずだ。

　南山御蔵入の、国定忠治一統と杣人《そまびと》たちが守る隠れ里まで同道。互いの正体と立場をわかりあった後、「私は影二郎様と戦いとうはございませぬ」とおたき。その夜、おたきは「一夜の縁でございます。明日は野に頭《こうべ》を晒すかもしれぬ身、地獄に落ちてもかまいませぬ」と、望んで影二郎と情を交わす。さらに、何がそこに生きる人のためになるか……本質を見極めた義をもって隠れ里を救おうとする影二郎に共鳴。立場を越えて、影二郎、忠治、杣人らとともに、私欲のために隠れ里殲滅を図る鳥居耀蔵一派と決然と戦う。

　杣人たちを叱咤激励、奮戦中に短筒で撃たれ瀕死のおたき。「夏目様と旅ができて楽しかったな」と童女のような顔で、影二郎の膝に抱かれて死す。

●別格　若菜・おこま

シリーズ前半ではロマンスの香りがあった影二郎だが、江戸にあっては若菜、旅に出ればおこまという、他の女性関係が入り込めないツートップが定着。身辺は穏やかになる。そこで、ここからは、若菜とおこまの言葉とシーンにみる影二郎を慕う愛のヒストリー。

［若菜編］

「そなたの身を案じる者がおる。その者が、この父に助けを求めたのじゃ」

影二郎の父・秀信の言葉。父の手で牢から解放されることになった影二郎、牢奉行の部屋で若菜と初めて出会う。（萌がどうして……）。二人の愛はここから始まる。『八州狩り』

「影二郎様……」

若菜の双眸《そうぼう》にこんもりと涙が盛り上がった。

川越に若菜を訪ねる影二郎。再会。影二郎は、一人身の若菜を浅草の祖父母のもとに預ける。『八州狩り』

「お会いしたときから好きでございました」

切放の囚人から救われた夜、料理茶屋「嵐山」の座敷で。忍んで行った若菜に「おれもおなじ気持ちじゃ」と言う影二郎とついに結ばれる。「影二郎さまはわたしだけの男……」、控え目な若菜が言いたかったことを告げ、その思いを遂げた熱い夜だった。以来二人は仲睦まじい。『破牢狩り』

「影二郎様と旅ができるならいつまでも待ちます」

川越に墓参りに出かけたいと言った若菜に「そなたに一人旅させてなるものか」「待てるか」と問うた影二郎に。『五家狩り』

「よろしくお願い申します」

影二郎に女房と紹介され、上気した若菜も幸助に挨拶を返した。

墓参りの川越舟で国定忠治の子分蝮の幸助と乗り合わせ、影二郎に「蝮、おれの女房だ」と言われて。『鉄砲狩り』

「影二郎様、私どもは離れていようともご一緒でございました」

川越で誘拐され、足尾で救出された際の言葉。影二郎とのことを許す姉・萌に守られていたのではと感じている。『鉄砲狩り』

［おこま編］

「旦那、余計なことだったようだね」

おこまが影二郎に最初にかけた言葉。横川で影二郎が刺客集団七坊主に襲われていた折、機転を利かせた言葉で七坊主を退散させた。おこま二十二、三の頃。影二郎との同行……女に犬連れの始まりである。『代官狩り』

「また会っていただけますか」

高山陣屋で拷問を受けた半死半生の身が平湯での養生で癒え始めた頃、影二郎の訪問に。おこまの役目を知った影二郎は「父の手下《てか》では拒むわけにもいくまい」と、返す。おこまはうれしそうに笑う。『代官狩り』

「しばらくでございました、夏目様」

破牢一味を追う影二郎と青梅宿鈴法寺門前で合流。再び二人と一匹の御用旅。『破牢狩り』

「それもこれも影二郎様のせい……」

「影二郎様と一緒なら」

百鬼水軍船との戦いで廃船同様になって漂流する中、死を意識したおこまは思いのたけを吐露する。「おこま、苦しむことになるぞ」と影二郎、「もう十分……」とおこま。さらに続く「いつ死ぬか知れぬ御用旅の間だけでも夢を見させてください」の言葉。そして……。『百鬼狩り』

「影二郎様が好きでした」

影二郎とおこまは一つになって求め合った。『百鬼狩り』

「私どもも大目付配下に転じるのでございますか」
おこまの声が喜びに弾けた。
勘定奉行付だった喜十郎とおこまが、影二郎の父・秀信の大目付昇進でどうなることかと案じていたところ、変わらず秀信配下とわかって。影二郎との御用旅は続く。『下忍狩り』
「若菜様とお二人のところ、邪魔はしたくありません」
おこまの言葉は笑いに塗《まぶ》されていたが、どこか真剣な響きもあった。
影二郎が、鬼子母神万灯祭に、喜十郎・おこま父娘を誘った際、顔を見せなかった理由を問われて。おこまの複雑な気持ちがいじらしい。『五家狩り』
「若菜様がお待ちなれば私どもはこの場にて失礼申します」

おこまはどこか寂しげに呟く。影二郎、父・喜十郎の三人で見物した徳丸ヶ原の砲撃演習の帰り道で。『鉄砲狩り』

若菜、おこま、さらに登場するであろう女たち……。これからの「狩り」シリーズ、影二郎の愛の旅路も楽しみだ。

影二郎グルメ旅

「食」に一見無頓着のようだが、影二郎はさまざまな「旨いもの」に出合っている。始末旅の道中で、江戸の町で。飲む酒とともに常に登場する、シンプルながら食欲をそそる料理の数々に引かれる読者も多いのでは。

旅の食

旅の食事は大まかに分けると、流れ《ぐ》宿《やど》や旅籠、飯屋などで供される料理、雑炊や煮込みなど自分たちがつくる料理、道中に食べる握り飯や弁当、の三通り。いずれも、豪華でも贅沢でもない、素朴な料理が多い。そんななかでも、その土地の旬の食材を生かした献立、郷土自慢の味に注目してみよう。

地域ごとに北からざっと見ていくと、奥州夏油《げとう》の湯治宿で、夏油川で獲れた岩魚の塩焼きに山菜づくし（『下忍狩り』）。会津大内宿では、会津街道の名物の鯉を味噌仕立て鍋（『忠治狩り』）で。百合根、蕗など山菜、沢蟹と会津の山の幸を味噌仕立てにした雑炊は、山の案内人・猪吉の作（『妖怪狩り』）。

上州草津ならではの温泉で茹でた卵（『奸臣狩り』）。常陸那珂湊《なかみなと》のあんこうをぶつ切りにして野菜と味噌で煮込んだ具だくさんの汁は、吹雪の中、荒天の猪平の見張り小屋になんとか辿り着いた影二郎の冷え切った体を生き返らせた（『八州狩り』）。前橋では、百助爺の流れ宿の太うどんが魅力。影二郎の人指し指ほどの太さで、田舎蕎麦のように黒みがあり、薬味は葱と一味唐辛子、冷たいたれで食す（『鉄砲狩り』）。

伊豆下田外れの玉泉寺では、浜で獲れた金目や鮑、野菜を煮込んだ須崎名物の漁師鍋「いけんだ煮みそ」で接待を受ける（『鵺女狩り』）。尾張への途上、今岡村で食べた「いも川のうどん」（平たいひもかわうどん）はきしめんの祖（『五家狩り』）。

信州善光寺郊外の旅籠では、鯉の甘露煮に鯉こくと鯉づくし（『代官狩り』）。『破牢狩り』では、諏訪で出会った炊き見習いの少年栄吉が大活躍。

各地の煮込みや鍋は魅力的

天竜川下りの道中、猪肉入り煮込みうどんに塩漬けの鮭と野菜の酒粕汁、浜松から下田湊へ向かう讃岐丸船上では遠州灘で獲れた鰆《さわら》と野菜の煮込み汁をこしらえる……と、おこまの手伝いがありつつも、炊きとして一人前の働きぶりだ。美濃・付知《つけち》川沿いの山家では五平餅を分けてもらう（『五家狩り』）。

鯨の脂身の塩漬けと大根煮、蛸《たこ》のぶつ切り、かます焼きは、呼子から長崎への船旅中の常安丸船上で。長崎での御用から唐津の埴生《はにゅう》流之助宅に戻った影二郎、おこまを迎えた、あら鍋残りの雑炊（ともに『百鬼狩り』）……など、地域色豊かな食の数々で、枚挙にいとまがないほど。各地の旨いものは、影二郎らはもちろん、読者の胃袋をも刺激して止まない。

また、ご当地名産ではないが旅の食ということでは、若菜の手づくり弁当も挙げておきたい。『鉄砲狩り』で浮間河岸から川越への舟にて、いくと若菜がつくってきたらしい重には、地鶏と牛蒡の煮しめ、焼き魚、豆を炊き込んだ握り飯など。初めての影二郎との遠出に、いそいそと重を詰める若菜のいじらしい姿が目に浮かぶだろう。『秋帆狩り』でも、品川宿へと御用の夜旅に向かう影二郎と小才次のために、握り飯に煮しめ、焼き魚、香の物を竹皮に包んだものを用意し、小才次に「花見弁当のよう」と嘆声を上げさせている。

江戸の食

旅先だけでなく、江戸にも美味はたくさんある。

雑司ヶ谷《ぞうしがや》の料理茶屋、小茗荷屋《こみようが》で、鬼子母神御会式《おえしき》の夜に若菜と二人で食した、鯛の膾《なます》に栗と生姜が添えられた小鉢、鰤《ぶり》の焼き物、大かぶの煮物、蛤《はまぐり》の吸い物。谷中《やなか》本村、影二郎の妹・紀代の許婚である浜谷清太郎、その浜谷家の抱え屋敷近くの善性寺門前茶店で、胡麻だれのかかった名物泡雪《あわゆき》豆腐（ともに『五家狩り』）。喜十郎と連れ立って出かけた、開業したばかりの花や鮓《すし》で、鯛、こはだ、穴子、海老などの鮓（『下忍狩り』）。芝居町親仁橋近く、玉之助の姉、女浄瑠璃師の小菊の働く天ぷら屋で、きすなど魚河岸で仕入れた旬の魚の天ぷら（『役者狩り』）。常磐家へのお土産として、飛鳥山王子稲荷の扇屋の釜焼玉子（『妖怪狩り』）などなど……。

自炊をしない、基本は外食の影二郎には、馴染みの店もいくつか。長屋そば、御厩河岸《おうまやがし》近くの一膳飯屋では、夏は川床、冬はそこに炬燵《こたつ》を置いた「奥座敷」で、遠山景元（金四郎）や江川太郎左衛門、六郷の参次に、季節の烏賊やいとよりの刺身、豆腐田楽に丸干し鰯を供してくれる。影二郎無頼時代の知り合いである今朝次の店、酒屋猪熊で出される豆腐鍋（『奸臣狩り』）は、小さな土鍋で猪肉と豆腐を醤油、味醂仕立てで煮込み、葱をたっぷりかけたもの。冬の寒い日に、熱燗とともに突つきたくなる。

料理茶屋「嵐山」「十文甘味あらし山」の、内で食べるいわゆる「まかない料理」もおいしそう。おかよ・修理之助姉弟が食べた鯵《あじ》の開き、野菜の煮付け、浅蜊の味噌汁の朝食や、おこまに遅い昼食として出された茗荷と白髪葱を薬味に刻み入れた胡麻だれの素麵など（『秋帆狩り』）。まかないではないが、影二郎が隣近所に「嵐山」の正月料理を振る舞ったときは、長屋中が「正月のやり直しだ！」と大にぎわいになった（『五家狩り』）。

酒と肴

影二郎と食との関係で、外せないのが酒。影二郎の酒の飲みっぷりは見事なもので、喉が渇けば飲み、飯の代わりに飲み……といった調子。堅物の菱沼喜十郎も影響されて昼酒を覚えてしまうほどだ。だいたいは、流れ宿や旅籠で出された沢庵や青菜漬けなどをつまみに茶碗酒をあおっているが、この項では、作中に登場する食べもののなかでもとりわけ肴として魅力的なものをピックアップしていこう。

まずは、那珂湊外れの煮売り酒屋で、大皿で出された新鮮な鰯《いわし》と鯵の刺身の盛り合わせ。戸田湊の酒処で、床伏《とこぶし》と若布《わかめ》の酢の物、蛸の煮付け（ともに『八州狩り』）。浜松宿の旅籠七軒屋では、遠州灘で揚がった桜えびをつまみに（『破牢狩り』）。小田原城下近くの漁師の家で、夜旅のあと、小鯵の開きの味醂干しで飲んだ一杯は酒飲みにはたまらないだろう（『秋帆狩り』）。

江戸では、芝露月町の茶屋うめやでの昼酒で食した、青菜と戻り鰹のぬたが季節感あふれる（『妖怪狩り』）。『秋帆狩り』での夏の宵、涼みがてらの川舟でのするめの一夜干しは、蝮の幸助とあかが相手とはいえ、江戸の粋を感じさせる。喜十郎宅で出た、おそらくおこま手製の白菜漬けも、唐辛子がぴりりと利いていて酒が進みそうだ（『奸臣狩り』）。

そして酒そのものについても触れておきたい。濁り酒（どぶろく）なども含め、その土地ならではの味わいの違いが旅の酒の楽しみだろう。

酒のつまみで登場する漬けものにも食欲をそそられる

武州名栗村の巡礼宿で飲んだ燗酒は、五臓六腑に染み渡る、なかなかの味わいの秩父の地酒（『破牢狩り』）。『百鬼狩り』では、唐津の蘭学医埴生流之助の自家製ビーノに、おこまが「なんとも美しい色にございますね」と見とれている。奥州松嶋の漁師の網元屋敷では、干した鰻《うなぎ》の骨を焼いて入れた茶碗酒に舌鼓。さらに北上して、夏油温泉では南部忍びでもある杜氏《とじ》の酒の芳醇な香りを満喫している（『下忍狩り』）。『五家狩り』では、犬山名物・朝鮮伝来の薬用酒「忍冬酒」。甘く、香りもよく、おこまも気に入ったようだ。『鉄砲狩り』からは二酒。川越城下外れのうどん・そば屋で飲んだ酒は、「田圃の上を吹き渡る涼風」のようなきりりとした喉ごし。上州境宿の旅籠で飲んだ土地の醸造の酒については、野趣あふれる荒々しい味わいに、おこまが思わず「若い男《おのこ》のような酒」と口を滑らしている。

甘味

朝でも昼でも夜でも時間を問わず酒を飲む影二郎を中心に、登場人物は左党ばかりのため、回数はそれほど多くないが、作中にはしばしば印象的な「スイーツ」が出てくる。

筆頭は、甘味処に生まれ変わった「十文甘味あらし山」の蕎麦餅（『役者狩り』）。『奸臣狩り』

の草津行で、地元の名産である蕎麦からヒントを得て若菜が発案。試作段階では、味噌だれをかけたり、生地に蓬《よもぎ》を練り込んだり、餡として中に鰯つみれの素揚げ（柚子や七味唐辛子が隠し味）や古菜漬けなどを入れたり、といった変わり饅頭の趣だったが、実際に店で出しているのは、蜂蜜で甘みをつけ、舌触りもよくほんのり上品な味わいで、黒胡麻と白胡麻を振りかけたものをそれぞれ一つずつ二個で一皿十文となっているようだ。

ほかには、熊谷宿で蝮の幸助と店前で出会った茶店の草だんご（『鉄砲狩り』）や、あかも食べさせてもらった六助爺さんの黄な粉の串だんご（『役者狩り』）、遍路旅中に出会った老婆に施しを受け、秀信と影二郎の喉の渇きを癒した蜜柑（『鵺女狩り』）など。独鈷沢《とっこざわ》で鬼怒川の伝三に切り出した御用材をもって襲撃された際、吉祥天のおたきと岩場の洞窟で一晩をしのぐことになり、数少ない残りを二人で分け合って食べた干し柿（『妖怪狩り』）も、旅の苦難を伝える〝甘味エピソード〟として忘れがたい。

番外・あかの餌

影二郎の旅のパートナーである犬のあか。旅先では地元の美味にありついたり、江戸でも長屋や飯屋の人にかわいがられたりで、けっこういいものを食べさせてもらっているようだ。影二郎の長屋にやってきた菱沼喜十郎に「ちと肉が付きすぎておるな」と言われてしまうほど。

あかの基本的な食は、魚の骨や味噌汁などと麦飯を混ぜたもの。旅に出ればご当地の名産品を、たとえば『代官狩り』では信州善光寺郊外で鯉の頭、『下忍狩り』では奥州松嶋の海の幸で「たっぷりとした魚の骨」といったところ。『役者狩り』の江戸では、影二郎馴染みの飯屋で、いけ好かない「南町奉行所御禁令取締隊」の御用聞きが影二郎に痛い目に遭わされた祝い(!?)に、客の食べ残しの鰆半身と鰹節をまぶした飯を振る舞われている。好き嫌いはなく、甘いものも好むよう。これも『役者狩り』。六助爺さんの串だんごを物欲しそうな顔でねだり、嬉しそうに食べている。

「狩り」シリーズがよくわかる用語事典

楽しむために知っておきたい言葉集。

亜米利加《アメリカ》国《こく》古留止《コルト》社《しゃ》輪胴式《りんどうしき》連発《れんぱつ》短筒《たんづつ》

一八三六年創業のアメリカの銃器メーカー、コルト社製のリボルバー（回転式拳銃）。シリンダー（弾倉）が回転して銃弾が発射位置に移動、弾を連続して発射できる。かの西部のならず者、ビリー・ザ・キッドもコルトの銃を使っていたとして知られる。

ウンスン加留多《カルタ》

室町時代の天正年間にポルトガルより伝わった、トランプに似た「天正カルタ」をもとに、日本で作られたカード。絵柄が四種類・四十八枚であった天正カルタに対し、五種類・七十五枚。遊び方は花札に似て、博奕に使われた。

大川《おおかわ》

隅田川の別称。吾妻橋あたりから下流を指す。

改易《かいえき》

武家身分を剥奪し、領地・家禄・家屋敷などを没収すること。切腹に次ぐ重い刑。

駕籠《かご》

一本の棒に人が乗る部分を吊り下げ、棒を前後で担いで運ぶ人力の移動手段。座る部分は、大名用の引戸のついた塗りの箱状のものから、庶民向けの竹組みの簡素なものまで、乗る人の身分や格式、用途などによって形状は異なる。庶民にとって駕籠は贅沢な移動手段であった。

関八州《かんはっしゅう》

上野国、下野国、常陸国、上総国、下総国、安房国、武蔵国、相模国の八つの国のこと。現在の関東地方にあたる。

逆打ち遍路《ぎゃくうちへんろ》

第一番札所から順に回ることを「順打ち」、反対に後ろから回っていくことを「逆打ち」という。なお、札所を回ることを「打つ」というのは、かつて札を納めるにあたって釘で柱などに打ち付けていたことから。

木戸《きど》

江戸の町々の入り口に設けられて番人（番太郎・番太という）の詰める番屋が置かれた。木戸は日没になると閉められて人の出入りができないようにして、江戸庶民の治安を守っていた。裏長屋のある路地の入り口にも木戸があり、住人の表札が出された。

着流し《きなが》

小袖のみで羽織や袴をつけない、男子の略装。

切餅《きりもち》

一分銀百枚＝二十五両を紙に包んだもの。形が四角い切り餅に似ていることから。

流れ宿《ぐやど》**・善根宿**《ぜんこんやど》

食事を提供する旅籠より下級で、自炊を主としたのが木賃宿。なかでも流れ者などの泊まった最下層の宿が流れ宿。また、修行僧や遍路などを善意で無料宿泊させるのが善根宿。

桂庵《けいあん》
奉公人や縁談の斡旋仲介をする人・職業のこと。口入れ屋。江戸初期の医師で大和桂庵という人物が縁談などの仲介をしたことから。

御免色里《ごめんいろさと》
江戸吉原、京都島原、大坂新町の三ヵ所の遊郭は、幕府から公許を得ていたためこのように呼ばれた。

御用聞き《ごようき》
関東取締出役は、土地の有力者を「道案内」に任命して犯罪捜査などに活用した。その道案内を、「お上の御用を聞く」ことから「御用聞き」ということもあった。

御用船《ごようせん》
幕府や藩の仕事を請け負う運搬船。

差料《さしりょう》
腰に差す刀のこと。

銭湯《せんとう》**・湯屋**《ゆや》
一般家庭で内風呂を持つことは基本的に禁じられていたため、江戸の庶民は銭湯に通っていた。だいたい一階が番台や洗い場、湯船で、二階が畳敷きの座敷。二階では武士の刀を預かることから、男性用のちょっとしたサロンになっていた。洗い場と湯船は「石榴口《ざくろぐち》」という低く開いた入り口で分かれており、湯船は薄暗く、湯気が立ち込めていたという。

茶屋《ちやや》

茶屋、茶店のうち、寺・神社の門前や境内、宿場や峠など旅の途で、客に茶菓を提供する休み処が水茶屋。料理を提供するのが料理茶屋。その他、芝居小屋の近くにあって客に食事を出すなどしたのが芝居茶屋、遊女が接待をしたのが色茶屋。

中間《ちゆうげん》

「仲間」とも。武家の奉公人。

猪牙舟《ちよきぶね》

川や水路の多い江戸の町で、庶民の足代わりとして使われていた小型船。一、二人乗りで、屋根のない、舳先の尖った細長い形が猪の牙に似ていることからこの名がある。

局見世女郎《つぼねみせじよろう》

下級の遊女。局と称する狭い長屋の部屋にいて客をとる。

手古舞《てこまい》

男装した女性が、祭りの神輿や山車《だし》を先導する際に踊った舞。男髷に右肌ぬぎ、膝から下がすぼまった伊勢袴、手甲、脚絆、足袋、草鞋履き、片手に鉄棒、もう片手に牡丹の花の描かれた黒骨の扇を持つ。

手妻《てづま》

手品のこと。

転封《てんぽう》

幕府の命により大名の領地が替わること。国替。

渡世人《とせいにん》
博奕打ち、やくざのこと。

鳥追い《とりおい》
家を訪ねて芸を見せ、米や金銭を乞う「門付け」の一種。編み笠をかぶった女が、三味線を弾きながら鳥追い歌（もとは新春に豊作を願って子どもたちが歌う）を歌い、家々を回る。

二八蕎麦《にはちそば》
蕎麦の材料の粉が、蕎麦八に対してつなぎ二の割合で作られたもの。

鵺《ぬえ》
頭は猿、胴体は狸、尾は蛇、足は虎に似ているという、伝説上の怪物。

旅籠《はたご》
江戸時代、各宿場町におかれた宿泊施設のうち、大名や幕府役人などが泊まった公的な宿が本陣、その予備の脇本陣があり、庶民が泊まったのが旅籠（旅籠屋）。

飛脚《ひきゃく》
手紙などを届ける、現代の郵便配達にあたる飛脚にはいくつかの種類があり、幕府公用で宿駅ごとに人夫を代え迅速に運ぶ継飛脚、諸藩が江戸と国許を結んだ大名飛脚、庶民も利用できる民間の町飛脚などがあった。継飛脚は江戸〜京を約七十時間で走ったといわれる。

分限者《ぶげんしゃ》
お金持ちのこと。

弁才船《べざいせん》
和船の一種で、日本沿岸を運航する木造の輸送帆船。北前船や樽廻船、菱垣廻船として使われ、大型化して「千石船」とも呼ばれた（実際に米千石を積載するわけではなく、俗称）。

棒手振り《ぼてふり》
店舗を持たない零細商人。両端に商品を入れた桶などをぶら下げた「天秤棒」を担いで売り歩く。商品は魚や野菜など。

水芸《みずげい》
曲芸、手品の一種。刀や扇子の先、舞台上などから水を吹き出させる。

屋根舟《やねぶね》
川遊びなどに用いられた屋形船よりも小さい、雨・日除け用の屋根付きの舟。

四竹《よつだけ》
竹片でできた打楽器。片手に二枚、両手で四枚を持ち、カスタネットのように打ち合わせて鳴らす。これに合わせて歌う小唄が四竹節。

佐伯泰英

思い出の映画ベスト10

戦後、物心ついた私にとって映画は、神様からの贈り物、最高の娯楽でした。ちょうど日本映画の黄金期と私の十代が重なり合う。町には邦画五社の専門直営館がありましたし、洋画の映画館もあった。その当時の新聞販売店は映画館の宣伝チラシを無料で新聞にはさんで配達する代わりに無料パスがあった。それを利用して連日の映画館回り、私の小説作法はこの時代の映画乱読ならぬ乱観（?）にあるのかもしれない。

第一位

雄呂血《おろち》

佐伯●サイレント映画「雄呂血」を見たのは私が四つか五つ、昭和二十一、二年のことではないでしょうか。当時、戦争が終わった直後、鹿児島本線と筑豊《ちくほう》線が交差する八《や》幡《はた》市折尾《おりお》（現北九州市）の町に映画館なんてありません。唯一の娯楽の殿堂は遠賀川《おんががわ》の川筋にあった芝居小屋の一軒、折尾劇場でした。戦前の芝居小屋はお芝居にかぎらず歌謡ショーから浪花節と幅広い興行が行われ、花道もさじき席も土間席もあったと記憶しています。だが、このチャンバラ映画の不朽の名作を家族のだれと見たのか、姉の手を摑んで泣きながら見た記憶がうっすらとしています。弁士は当然いたと思うのですが、語り声も記憶の外です。阪東妻三郎演じる浪人者が捕り方に十重二十重に囲まれて、それでも絶望的な眼差しで抵抗を続けるシーンは鮮明に頭に刻み込まれています。小学校に入学した頃の思い出が何一つ残ってないというのになんでしょうね。

その後、映画、写真、ノンフィクション、冒険小説、時代小説と続く私の創作活動の原点が、汚れた石炭の洗い水を流す堀川近くの折尾劇場にあったことは確かでしょうね。

「雄呂血」。クライマックスの捕り物シーン（資料提供：マツダ映画社）

【内容】江戸時代は享保年間。漢学塾に通う平三郎は、家老の息子や侍たちに刃向かったため塾を破門、藩をも追放されてしまう。放浪の旅路でいつしかならず者と呼ばれる身に。そんな平三郎に近づいたのは侠客・治郎三。治郎三はある若夫婦を陥れようと奸計をめぐらせるが、その妻は平三郎の初恋の人、奈美江であった。奈美江を守るため剣を抜いた平三郎、折しも踏み込んできた捕り手たちが押し寄せる……。クライマックスの大立ち回りは日本映画最高とも評され、剣戟映画の原点といわれる作品である。

DATA
「雄呂血」1925年作品
監督：二川文太郎／出演：阪東妻三郎、関操、環歌子ほか
DVD「Talking Silents 3 阪東妻三郎出演作品『雄呂血』『逆流』」発売元：㈱デジタル・ミーム／価格：5,229円

第二位 人情紙風船

佐伯●山中貞雄《やまなかさだお》監督の映画を日大芸術学部映画学科に入学して見たとき、これこそ黒澤《くろさわ》映画の前駆と感激した覚えがある。

【内容】舞台は江戸の貧乏長屋。住人二人、髪結いの新三は賭場をめぐってヤクザの親分源七にやりこめられ、浪人海野又十郎は、父に恩ある三左衛門から無下に出仕を断られてほぞをかんでいた。出世のため、源七が用心棒を務める白子屋の娘お駒を政略結婚させようと躍起の三左衛門。それぞれ恨みのある新三と又十郎はお駒を誘拐、大金を手にした二人だが長屋連中の反応は冷たかった。これを見た又十郎の妻おたきは、矜持をかけてある決意をする。若くして戦地で没した天才監督、山中貞雄の遺作。

DATA
「人情紙風船」1937年作品　監督：山中貞雄／出演：河原崎長十郎、中村翫右衛門、山岸しづ江ほか
DVD発売・販売元：東宝／価格：4,725円

第三位　七人の侍

佐伯●ご存じ日本映画の古典、今でも見返す数少ない名作の一本。「七人の侍」には映画を超えた小説の作法がすべて込められている。

【内容】黒澤映画の最高傑作との呼び声も高い作品。時は戦国時代、度重なる野武士の襲撃におののく村人たちは、侍を雇って野武士と戦う決意をする。そこで集められたのは食い詰めた七人の侍（浪人）たち。侍たちは村人を鍛え、村を要塞化し、野武士を迎え撃つ。襲撃を退け、野武士の本拠を崩すことにも成功した農民たち。豪雨の中、最終決戦の火ぶたが切って落とされた。一人、また一人と野武士は倒れていくが……鉄砲の前に侍たちも討ち死にしていく。四人の侍と村人たちの犠牲の末、ついに野武士は全滅。収穫を祝う村を後にする侍の頭・勘兵衛の胸に複雑な思いが去来する。

DATA
「七人の侍」1954年作品　監督：黒澤明／出演：三船敏郎、志村喬、稲葉義男、宮口精二、千秋実、加東大介、木村功、津島恵子ほか
DVD「七人の侍（2枚組）<普及版>」発売・販売元：東宝／価格：5,040円

第四位 用心棒

佐伯●こちらは娯楽映画の傑作。時代小説を書く上での手本作品であり、時に用心棒の対決シーンを真似て書いたこともある。

【内容】からっ風吹きすさぶ上州の宿場町に、桑畑三十郎と名乗る浪人がふらりと現れた。町は、跡目をめぐってヤクザが二派に分かれた抗争の真っ最中。一方は馬目の清兵衛一家、対するのは新田の丑寅一家。互いに手だれをかき集め、睨みあっていた。三十郎は双方に用心棒として売り込み、両者共倒れとなるよう巧みに話を持ちかけていく。そこへ丑寅の弟、新田の卯之助が短銃を携え帰郷する。その知謀で丑寅一家は次々と策をめぐらし、事態は風雲急を告げる。すさんだ町でついに対峙する三十郎と卯之助。すべてが終わった宿場町に残されたものは……。

DATA
「用心棒」1961年作品
監督：黒澤明／出演：三船敏郎、東野英治郎、山田五十鈴、加東大介、仲代達矢、司葉子ほか
DVD「用心棒<普及版>」発売・販売元：東宝／価格：3,990円

第五位　東京オリンピック

佐伯●大学生の折、映画学科の三年生、四年生全員がこの市川《いちかわ》崑《こん》作品制作に加わった。私の担当は陸上競技とサッカーであった。夜十時近くになっても決着がつかなかった棒高跳びの現場にいられた幸運を今に思う。

【内容】一九六四年に開催された東京オリンピックを記録したドキュメンタリー映画。日本中を沸かせた「東洋の魔女」女子バレーの活躍、サッカーやレスリングなどの名勝負をはじめ、会場建設や聖火リレー、選手たちが国を越えていっしょに入場した閉会式まで、オリンピックの全貌を描き出す。選手の内面を見つめることへのこだわりがみられ、演出やカメラ技法など随所に市川崑監督独特の映像センスが光る。記録映画とはいえ、芸術的にも評価の高い作品。カンヌ国際映画祭で国際批評家賞を受賞した。

DATA
「東京オリンピック」1965年作品　監督：市川崑
DVD「市川崑　長篇記録映画　東京オリンピック（2枚組）」発売・販売元：東宝／価格：6,300円

第六位　西部戦線異状なし

佐伯●これも映画学科の学生時代に見た戦争映画の古典。ラストシーン、兵士が斃《たお》れた石垣に震える白い花が今も記憶に鮮明に残っている。

【内容】第一次世界大戦下、ドイツのある町。声高に愛国心が語られる中、情熱にかられた若者たちは次々に軍への入隊を志願し、出征していく。その中にポールもいた。しかし訪れた戦線は悲惨なものであった。友人のあいつぐ戦死、自ら殺《あや》めた人の命の重さに胸を痛めるポール。負傷のため一時帰郷したポールは母校に立ち寄り戦争のむごさを語ろうとするが、思うにまかせぬまま戦線へと戻っていく。ある晴れた日の戦場で、飛んできた一匹の蝶にふと瞳をなごませるポール。その時、一発の銃声が響いた。

DATA

「西部戦線異状なし」1930年作品　監督：ルイス・マイルストン／出演：リュー・エアーズ、ウィリアム・ベイクウェル、ラッセル・グリーソン、ルイス・ウォルハイムほか

DVD「西部戦線異状なし 完全オリジナル版」発売元：ジェネオン・ユニバーサル・エンターテイメント／価格：1,500円

第七位　ローマの休日

佐伯●恋愛映画の手本のような作品で、時に今も見返す映画。女が崇高さを、男が矜持を持っていた時代の映画かな。

【内容】伝統ある王室の王位継承者として、多忙な日々を送るアン王女。外交のためローマを訪れたアンはあまりの過密スケジュールに、ついに軽いヒステリーを起こしてしまう。こっそり王宮を抜け出したアンは新聞記者ブラドリーと出会った。王女の自由な姿をスクープするため、アンをローマ市街へと連れ出すブラドリー。スクーターにまたがり、ショッピングや名所をめぐり、自由な時間を満喫するアンとブラドリーの間には、いつしか恋が芽生えていた。しかし夢のような一日は過ぎ、互いに想いを伝えられないままアンは王宮へと戻っていく……。

DATA
「ローマの休日」1953年作品　監督：ウィリアム・ワイラー／出演：オードリー・ヘプバーン、グレゴリー・ペックほか
DVD「ローマの休日 製作50周年記念 デジタル・ニューマスター版 スペシャル・コレクターズ・エディション（2枚組）」発売元：パラマウント ジャパン／価格：2,625円

第八位　ゴッドファーザーPARTⅠ

佐伯●マフィア映画の最高傑作。「七人の侍」とは違った意味でハリウッド映画全盛期の傑作だと思う。

【内容】マフィア組織コルレオーネ・ファミリーのドン、「ゴッドファーザー」として君臨するビト・コルレオーネ。その三男マイケルはドンの息子でありながらも軍に入隊し、恋人とともに堅気の生活を送っていた。ある日、対立するタッタリア・ファミリーから訪れた麻薬の売人ソロッツォから取り引きの話が舞い込む。これに興味を持ったのは長男ソニー。そこで邪魔の入らぬようソロッツォはビト暗殺を企み、同時にタッタリア・ファミリーとニューヨークのマフィア組織も、コルレオーネ・ファミリーを狙って動き始めた。これを知ったマイケルは父親を救い対抗組織と戦うため、マフィアの世界に身を投じていく。

DATA
「ゴッドファーザーPARTⅠ」1972年作品 監督：フランシス・フォード・コッポラ／出演：マーロン・ブランド、アル・パチーノ、ジェームズ・カーンほか
DVD「ゴッドファーザーPARTⅠ <デジタル・リストア版>」発売元：パラマウント ジャパン／価格：2,625円

第九位　明日に向って撃て！

佐伯●ニュー西部劇、自由気ままな暮らしに憧れる無法者を新鮮にして衝撃的にポール・ニューマンとロバート・レッドフォードが演じてみせた。西部劇の中にアメリカの陰や苦悩を見せてくれた作品。

【内容】ブッチとサンダンスは西部で名を馳せた強盗二人組。保安官らに追われる身となった二人はサンダンスの恋人エッタとともにボリビアへと逃れる。しかし盗むことしかできない二人はここでも銀行を襲い続け、またもお尋ね者として追われることになった。一度は真面目に職につこうとするが、運命のいたずらでそれもかなわない。山賊に身をやつして再び強盗をする羽目になり、次第に盗んでは追われる生活に疲れていく二人。ある日立ち寄った町で、ついに二人は警官隊に囲まれてしまう。

DATA
「明日に向って撃て！」1969年作品　監督：ジョージ・ロイ・ヒル／出演：ポール・ニューマン、ロバート・レッドフォード、キャサリン・ロスほか
DVD「明日に向って撃て！<特別編>ベスト・ヒット・マックス 第1弾」発売元：20世紀フォックス ホーム エンターテイメント ジャパン

第十位 地獄の黙示録

佐伯●映画としては偉大なる破綻作品と思うが、人間の闇の深さを壮大なスケールで見せてくれた、なぜか心に残る映画。

【内容】ベトナム戦争の最中、サイゴンに滞在していた特殊部隊員のウィラード大尉にある命令が下った。それはカンボジアのジャングルの中で現地人を支配し、独自の王国を築いている元アメリカ陸軍大佐、カーツを暗殺せよというものであった。命令に従いカーツのもとへ向かうウィラードだが、ジャングルを進むうちに次第に心の平衡を失っていく。また近づくほどに明らかになるカーツの人物像が、軍で聞かされたそれとはかけ離れたものであることもウィラードを動揺させる。やっとの思いで王国にたどり着いたウィラードはついに神として君臨するカーツと対面し、命令を遂行する……。

DATA
「地獄の黙示録」1979年作品　監督：フランシス・フォード・コッポラ／出演：マーロン・ブランド、マーティン・シーン、デニス・ホッパー、ロバート・デュヴァルほか
DVD「地獄の黙示録 特別完全版」発売元：角川映画、販売元：角川エンタテインメント／価格：1,890円

あとがき

佐伯泰英

夏目影二郎の武芸と旅は、スペイン滞在時の闘牛取材の経験が色濃く反映している。

例えば牛、闘牛は三月のバレンシアの火祭りの日程に合わせた連続興行から十月のサラゴサのピラールの祭りで幕を閉じる。この間、闘牛士ら一行は東に西に祭りから祭り、闘牛場から闘牛場を渡り歩いて危険な戦いを繰り返す。それはイベリア半島全土を網羅し、マジョルカ島のあるバレアレス諸島、アフリカ海岸沖に浮かぶカナリアス諸島からフランスのプロバンス地方のローマ古代都市ニーム、アルル、さらにはポルトガルに及ぶこともある。

われら取材者もまた目当ての闘牛士に従い、東奔西走する。売れっ子闘牛士に従えば、闘牛、移動、闘牛の繰り返しだ。もう少し詳しく述べようか。

闘牛は詩人ロルカの言葉を待つまでもなく古くは、

「午後五時ぴったり」

に始まった。だが、二十世紀の半ば頃より生活スタイルの変化に合わせ六時から、時に七時開催と変更された。

西陽が闘牛場の砂地の端にかかる頃、闘牛は開始され、一般的には三人の闘牛士が六頭の牡牛と交互に対決して幕を閉じる。その時、砂地は完全に影で覆われている。

ホテルに戻った闘牛士が最初に行うことは携帯用の祭壇の前に灯されたオリーブ油の灯明を吹き消すことだ。それは戦いの場からの無事生還を感謝する行為だ。そのあとに家族や恋人にその日の勲《いさおし》を告げ、急いでシャワーを浴びて私服に着替え、祭り客でごった返すホテルのロビーでもみくちゃになりながらも車に逃げ込み、次なる興行地を目指す。

それは隣町とは限らない。

一晩に移動する距離が、三、四百キロは当たり前、時に千キロに達することもある。飛行機や汽車も利用するが基本は車での移動だ。だから、闘牛士の必携品は車の中で使う枕ということになる。

明け方、興行地に着くと一行はようやくベッドで数時間の休息に就く。

四、五時間の眠りの後、助手闘牛士にはその日の午後戦う牡牛の下調べと、どの闘牛士にどの牡牛があたるかの組み合わせ抽選の場に立ち合う行事が控えている。

この場には闘牛士は慣例的に立ち合わない。助手闘牛士らの長年の勘が探りだした情報により最初に仕掛ける技が決まることもある。

牡牛と闘牛士は一期一会の戦いで再戦はあり得ない。

この間、取材者の私は地元警察に顔を出して仁義を切り（？）、闘牛場の砂場近くのカメラマン席に立ち入る許可書を入手する必要がある。これが入手できなければ観客席からの不自由な撮影となる。むろん入場料もかかる。だから、この許可書の入手は最も大事なことなのだ。

闘牛士はその日初めての食事を午後二時過ぎに摂る。闘牛場での角傷を想定し、胃に負担がかからないような軽い食事だ。食事の間にもその町の有力者などの挨拶を受けて、独りになる機会などない。

闘牛が始まる一時間半も前、闘牛士は暗くした部屋の中で光の衣装への着替え、戦士へ変身するためのゆるゆるとした儀式を始める。

いざ、闘牛場へ。

二時間余の戦いが終われば再び夜の街道を走る旅が待っている。

売れっ子は一年に百回を超す戦いの日々を繰り返す。いい時も悪い時もあるし、悲喜こもごもの闘牛士に従う取材者もまた、感情剝き出しの闘牛士の喜怒哀楽を共有して旅を続けることになる。

夏目影二郎の始末旅は、イベリア半島の取材行を日光街道や例幣使街道に変えた道中、といえる。影二郎一行に夜旅が多いのは闘牛士の取材に従ったためともいえる。

スペインと言えば情熱のお国柄、赫々たる陽光が照り付ける大地というイメージだがそれは真実の一面、北のカンタブリコ海の年の祭りにいけば寒さに震えるような夏も経験する。

闘牛士も取材者もタフでなければ務まらない。

さて夏目影二郎にいくつかの道具を持たせたが、その代表的なものが南蛮外衣だろう。両裾に二十匁《もんめ》の銀玉を縫い込んだ防具は、闘牛士が使うカポーテ、カパに由来する。日本の合羽の語源となった言葉だ。

闘牛士は力もスピードもある牡牛に立ち向かうとき、このカポーテを使い、牡牛の視界を巧みにごまかしながら技を仕掛ける。

この技、基本のベロニカから、見せ技の手首の捻りで表地ピンク裏地黄色が派手に虚空を舞う技まで多彩だ。

私はこのカポーテを影二郎の旅の必携品、防寒具として持たせ、時に攻撃的な道具として使わせることを考え付いた。ために影二郎が用いる大半の南蛮外衣の技は闘牛士の技に存在する。

　こういった意味合いから夏目影二郎始末旅シリーズは、スペイン体験が一番生かされた作品かもしれない。このシリーズを書くとき、作者はスペインの旅を追憶し、重ね合わせながら影二郎に旅をさせている。

熱海オリーヴ荘にて　佐伯泰英

●監修　山本博文（目次参照）
●編集協力　猪野正明
●執筆　細谷正充（「狩り」シリーズ全作品・解説）
●取材・執筆・編集協力　株式会社メディアユニオン
●本文デザイン・レイアウト　田中康史
●口絵イラスト・レイアウト　渡邉文也（1、4P）

●資料協力（掲載順）
横浜市歴史博物館
深川江戸資料館
北辰一刀流六代玄武館
株式会社マツダ映画社
東宝株式会社
株式会社 Kプレス
パラマウント ジャパン株式会社
20世紀フォックス ホーム エンターテイメント ジャパン株式会社
株式会社角川エンタテインメント

●参考文献

『大江戸まるわかり事典』（大石学編・時事通信社）
『江戸物価事典』（小野武雄編著・展望社）
『コンサイス人名辞典 日本編』（三省堂）
『図説江戸４ 江戸庶民の衣食住』（竹内誠監修・学習研究社）
『図説江戸６ 江戸の旅と交通』（竹内誠監修・学習研究社）
『角川日本史辞典』（高柳光寿・竹内理三編・角川書店）
『復元　江戸生活図鑑』（笹間良彦著・柏書房）ほか

光文社文庫

文庫書下ろし
夏目影二郎《なつめえいじろう》「狩《か》り」読本《どくほん》
著者　佐《さ》伯《えき》泰《やす》英《ひで》

2009年10月20日　初版1刷発行

発行者　駒井　稔
印　刷　萩原印刷
製　本　ナショナル製本

発行所　株式会社　光文社
〒112-8011　東京都文京区音羽1-16-6
電話 (03)5395-8149　編集部
8113　書籍販売部
8125　業務部

ISBN978-4-334-74666-7　Printed in Japan

組版　萩原印刷

お願い　光文社文庫をお読みになって、いかがでございましたか。「読後の感想」を編集部あてに、ぜひお送りください。

このほか光文社文庫では、どんな本をお読みになりましたか。これから、どういう本をご希望ですか。

どの本も、誤植がないようつとめていますが、もしお気づきの点がございましたら、お教えください。ご職業、ご年齢などもお書きそえいただければ幸いです。当社の規定により本来の目的以外に使用せず、大切に扱わせていただきます。

光文社文庫編集部

松本清張短編全集 全11巻

生誕百年記念

「清張文学」の精髄がここにある！

01 西郷札
西郷札　くるま宿　或る「小倉日記」伝　火の記憶
啾々吟　戦国権謀　白梅の香　情死傍観

02 青のある断層
青のある断層　赤いくじ　権妻　梟示抄　酒井の刃傷
面貌　山師　特技

03 張込み
張込み　腹中の敵　菊枕　断碑　石の骨　父系の指
五十四万石の嘘　佐渡流人行

04 殺意
殺意　白い闇　蓆　箱根心中　疵　通訳　柳生一族　笛壺

05 声
声　顔　恋情　栄落不測　尊厳　陰謀将軍

06 青春の彷徨
喪失　市長死す　青春の彷徨　弱味　ひとりの武将
捜査圏外の条件　地方紙を買う女　廃物　運慶

07 鬼畜
なぜ「星図」が開いていたか　反射　破談変異　点
甲府在番　怖妻の棺　鬼畜

08 遠くからの声
遠くからの声　カルネアデスの舟板　左の腕　いびき
一年半待て　写楽　秀頼走路　恐喝者

09 誤差
装飾評伝　氷雨　誤差　紙の牙　発作
真贋の森　千利休

10 空白の意匠
空白の意匠　潜在光景　剥製　駅路　厭戦
支払い過ぎた縁談　愛と空白の共謀　老春

11 共犯者
共犯者　部分　小さな旅館　鴉　万葉翡翠　偶数
距離の女囚　典雅な姉弟

光文社文庫